光文社文庫

文庫書下ろし／連作時代小説

# 恋知らず

うだつ屋智右衛門 縁起帳(二)

井川香四郎



光 文 社

この作品は光文社文庫のために書下ろされました。

目次

# 恋知らず

うだつ屋智《ち》右衛《え》門《もん》縁起帳(二)

# 第一話　極悪非道

一

日本橋本通りの真ん中に、『北条屋《ほうじようや》』という絹問屋がある。公儀御用達《こうぎごようたし》だけあって間口三十間もある店構えで、奥行きも裏通りまで突き抜けている。毎日、朝から晩まで取引先の商人たちが出入りしており、奉公人も百人近くいる大店《おおだな》中の大店である。

だが、評判は必ずしもよくない。店主の柿右衛門《かきえもん》は小僧からのし上がって三番番頭になったときに、先代主人の娘に婿入りして、代々続く柿右衛門の名も受け継いだのだ。ふたりの番頭を飛び越えての出世だった。

しかし、外には無理な取引を強《し》いて、内には無茶な仕事を押しつけるから、

——商《あきな》いの鬼だ。

と称せられていた。

もっとも、柿右衛門自身はそう渾名《あだな》されるのを喜んでいた。

「鬼にならなければ、商売はできません。儲けることが商人の務めだから、甘い考えやぬるい行いをしていたのでは、厳しい江戸では生き残れません」

常々、そう言っていた。

商売は富を奪い合うわけだから、戦《いくさ》と同じだ。ゆえに、鬼と呼ばれようが夜叉《やしゃ》と呼ばれようが、儲けたもの勝ちである。それが、十二歳から『北条屋』一筋に奉公して柿右衛門に染みついた考えであった。

先代主人、つまり舅《しゅうと》も入り婿で、まるで修行僧のような厳しい毎日を過ごしてきた。年を取っても、奉公人の誰よりも先に起きて、真冬であっても暗い内から水浴びをして身を引き締めていた。そして、今日やるべき事柄をすべて書き出し、奉公人が打ち揃ったときには、為《な》すべき事がすべて整っている。店を開ける前の話し合いの折には、

——今日は儲かるか損をするか。

ということすら分かっていた。商売は水物で、一寸先は闇である。常に最善と最

悪を想定して取り組まないと、万が一の事態に対応できないから、先代は事細かく分析と予想をしていたのだ。

逆に言えば、奉公人はそれに従っておれば間違いないから、自分がやるべきことをやるだけだ。毎日、これまた千日廻峰《かいほう》をやる僧侶のように淡々と取引先を歩き巡り、十二年籠山《ろうざん》のように算盤《そろばん》に向かっていた。

ましてや、水野忠邦《みずのただくに》の「天保《てんぽう》の改革」によって倹約令が出されるご時世である。当代の柿右衛門にとっては、呉服という高価で豪華なものに使われる絹が、公儀からですら不要物扱いにされ始めたことに危機感を抱いていた。

事件はそんな中で起こった。

店に数人の〝下請け問屋〟が押し寄せていたのである。要求は、

「物が届かないから、払った金を返してくれ」

というものだった。初夏の蒸し暑い中、いずれの商人も体中から湯気を出しているように気色《けしき》ばんでいた。

実はかねてより、『北条屋』は「現金掛け値なし」というのを商売上の是《ぜ》としており、盆暮れの集金という慣習とは違ったやり方を行っていた。もちろん、それは柿右衛門が考案したものではなく、代々、続いてきたものである。しかも、前払い

が原則で、商品は後でまとめて届けるというものであった。

『北条屋』には数百の取引先があるが、中でも自らの傘下の問屋には優先的に分配していたのだ。しかし、近頃は、金を払ったにもかかわらず、商品が滞《とどこお》っているという事態が起こっていた。

初めは、配送を受け持つ大八車や川船などを扱う〝運送屋〟や一時預かりの蔵の手落ちであることもあった。が、その後、そもそも『北条屋』の方が発送をしていない事態も生じてきた。品物不足なのか、手続き上の間違いなのかを、取引先の商家は問い質《ただ》したのだが、

「しばらく、待って欲しい」

という回答ばかりで、事態の改善も進展もしなかった。そこで、数軒の下請け問屋がこぞって、『北条屋』に押しかけてきて、

「直ちに、物を渡すか。そうでなければ、先払いしている金を返すかして貰いたい」

と交渉していたのである。だが、話し合いに出てくる番頭は、曖昧《あいまい》なことしか言わずに、のらりくらりと躱《かわ》しているだけだった。痺《しび》れを切らした商家は、奉行所へ訴え出ることも辞さないと強硬に出た。

だが、そうなると時がかかる。〝出入筋《でいりすじ》〟という、今で言えば民事訴訟である。代金の返還請求とか損したことに対する損害賠償などを行うのだが、町奉行所と関わることで世間体が悪くなることも多々ある。商売上、好ましいことではないから、できることならば当人同士で片を付けたいのが本音だった。

駆けつけてきている下請け問屋の中に、『笠間屋《かさまや》』仁兵衛《じんべえ》という商人がいた。ずんぐりむっくりとした、いかにも真面目が着物を着ている雰囲気の男で、少しばかり気が弱そうにも見える。

「柿右衛門さん……おたくとうちの仲ではないですか……惚《とぼ》けないで正直にお話し下さいまし。もし、困っているならば、そうお教え願えませんか」

主人自ら話し合いに出てきた柿右衛門に、仁兵衛が謙《へりくだ》ったように問いかけた。

「誰が困ってると？　うちはあなたに心配されるようなことは、何もありませんよ」

突き放すように言った柿右衛門に、仁兵衛はさらに低姿勢で、

「先月、うちは百反もの絹を発注し、金も先払いしております。ここ三月《みつき》ばかりをすべて合わせると百五十両近くの前払いをしていることになります。なのに、半分近くが届いておりません。これでは商売になりませんので、どうか、どうか……」

「そうですか。では、何とかしますから、今日のところはお引き取り下さい。今後、おたくには一切、うちから卸《おろ》しませんから、他の絹問屋とご相談なされればいい」

柿右衛門は感情の欠片《かけら》もない言い草で、背中を向けた。

「ちょ、ちょっとお待ち下さい。私は何も、『北条屋』さんを責めているわけではありません。ただ、今後のことを考えて……」

「考えて、なんです？」

険しい目で振り返った柿右衛門は、腹立たしげに、

「『笠間屋』さん。勘違いなさっては困りますよ。他の方々も聞いて下さい。こっちから、あなた方に売って欲しいと頼んだことなどありませんよ。そっちが売って貰いたいというから、卸しているまで。なのに、まるでこちらが悪いような言い草をするのですから、おつきあいをやめようと申したのです」

「それは困ります……」

「だったら、四《し》の五《ご》の言っている間に、蔵にある物から売り払うのですな」

とりつく島もないとは、このことであろう。柿右衛門に悪びれた様子はまったくないのだ。だが、仁兵衛の方もいつもと違っていた。そのことは『北条屋』の番頭や手代たちも察したようで、じっと見守っていた。

「さようですか。ならば、出るところに出ることにします。これは、私の店だけのことではありません。他に何軒もの下請け問屋が迷惑を被《こうむ》っているのですからね」

「強がりもいい加減にしておかないと、結局は自分の首を絞めることになりますぞ」

鼻で笑った柿右衛門は、訴訟をするならば勝手にしなさいと吐き捨てて奥へ引っ込んだ。番頭らは慌てて止めようとしたが、

「余計なことは言わなくてよろしい。訴え出たお店《たな》はすぐさま取引を止《や》めますから、そう心得ておきなさい」

「本当にいいんですねッ」

仁兵衛は強い声をかけたが、柿右衛門は背中を向けたまま無言で立ち去った。

「……まったく……これが、二十年来のおつきあいをしてきた相手に取る態度でしょうか……ならば、こっちも腹を括《くく》りました」

踵《きびす》を返して表に出ようとする仁兵衛を、番頭たちは追いかけようとしたが、手で振り払って敷居を跨《また》いだ。もはや、お互いに何を言っても無駄だと感じたのか、番頭たちも立ち尽くすしかなかった。

表通りに出た仁兵衛に、品の良さそうな五十絡みの商人が近づいてきた。髷《まげ》や鬢《びん》

には白い物が混じっているが、上物の正絹の羽織は裕福さを物語っている。絹を扱う仁兵衛だからこそ、すぐにその質や仕立てなどの良し悪しも分かった。

「なんだか、大変そうですな」

軽く頭を下げた品の良い商人に、思わず仁兵衛も頭を下げた。『北条屋』のような大店であるし、騒ぎは外にも洩《も》れたから、野次馬のように見ていたのかもしれない。

「私は、こういう者でございます……」

連れていた手代らしき若い男が、掌《てのひら》ほどの大きさの程村紙《ほどむらがみ》を手渡した。今の名刺のようなものであろうか、受け取った仁兵衛は珍しそうに眺めて、

「鷹屋茂左衛門《たかやもざえもん》……何をなさってる方でございますか」

「取り立て屋です」

「――取り立て……」

「はい。鳥の立役《たちやく》といえば、鷹ですからね。ちょいと洒落《しやれ》てみただけです」

屈託のない、人柄の良さそうな笑みで、鷹屋茂左衛門と名乗った中年男が答えた。

「世の中には、借りた金を返さない輩《やから》、売り物の代金を踏み倒す者などが多いので、私たちは被害を受けた人たちに成り代わって、相手から取り立てる仕事をして

いるのです」

「そうですか……『鷹屋』ねえ……」

胡散臭《うさんくさ》そうに見た仁兵衛は警戒するような目になったが、茂左衛門の方は人懐っこい表情のままで、

「たまさか通りかかったので、見ておりました。実に酷《ひど》い話ですな。ふつうなら、売り物を卸された方が後払いにするはず。だから、払えなくなって困るのは、卸し元の方ですがね。おたくたちの場合は、逆ですな」

「ええ、まあ……長年のつきあいがあるし、相手は『北条屋』さんですからね。不払いなどということは、これまであまりなかったことですから……」

「でも、おたくのような小さな問屋の方は困ってしまう……あ、いえ、お訪ねしたこともないのに、小さな問屋とは失礼しました」

「いえ。おっしゃるとおり、間口二間の小さな店で、取引先も決まり切った所です」

「それでは、実入りが滞ると困りますな」

「はい……溜息ばかりです……」

両肩を落とした仁兵衛は、茂左衛門の垢抜《あかぬ》けている人柄に安心をしたのか、本音

を語って、ほとほと困っていると伝えた。すると、茂左衛門は励ますように手を握って、

「うちは、その紙に書いてある所ですので、いつでも訪ねて来て下さい。お役に立てることがあると思います。取り立てというと、なんだか、恐いお兄さんが彫り物でも披露して、強引に取り上げる姿を思い浮かべるかもしれませんが、うちは商売でやっております」

「商売……」

「はい。『北条屋』のような強欲な商人から、きちんと売掛金を取り戻して差し上げるという商売です。もちろん、成功したときには、五分の報酬は戴きますが、そこまで出せないときは相談しとう存じます」

「…………」

「お上に訴え出れば、公事師《くじし》を雇ったり、何度も奉行所の詮議所《せんぎしょ》に足を運んだりと、厄介なことが多い。面倒は避けて、必ず取り返してみせます。もし、気が向いたら、どうぞ」

茂左衛門はそう言うと、軽く一礼をして、爽やかな風のように立ち去った。

「ふむ……『鷹屋』か……」

と、ひとり呟いたとき、他に押し寄せていた下請け商人のひとりが、

「聞いたことがある。『鷹屋』というのは、公儀御用達商人であろうが、どんな豪商であろうが、いや大名であろうが、臆せず取り立てるらしいですよ」

「ほう……しかし、どうもな……」

慎重な仁兵衛は訝《いぶか》りながら、遠ざかる茂左衛門の後ろ姿を振り返った。

二

大名や旗本の財政立て直しから、商家の商売指南などをしている朝倉智右衛門《あさくらちえもん》は、〝うだつ屋〟と呼ばれており、常に何十件もの債権事業に携わっている。

今日も、氷川《ひかわ》神社近くにある築地塀《ついじべい》に囲まれた屋敷には、陳情に来ている人々が鈴なりで、待っている間に回遊式の庭園を見物する客で溢《あふ》れていた。穏やかな陽光に照らされて、池の水面は眩《まばゆ》いばかりである。錦鯉が優雅に泳いでいる姿を石橋から眺めている客人たちは、ほんのひととき浮き世の憂《う》さを忘れるほどであった。

まるでお大尽暮らしでありながら、不思議と智右衛門には敵がいなかった。三十半ばでありながら、二千坪の屋敷を構えて、二十人を超える奉公人を雇っており、

何百という商家の財務を取り扱っていた。今でいえば、経営コンサルタントと会計士、社労士などを兼ね備えた仕事と言えようか。事件の大小は問わないが、

——人を見て決める。

というのが、智右衛門流といえば、智右衛門流である。もっとも商売でやっているから、同情だけで再建などはできない。また、再建の努力をしていない者からの依頼も受けない。自助努力をしない者に、立ち直る機会はないからである。

なかなか厄介な人柄だが、再び〝うだつ〟を上げられるかどうかは、智右衛門の智恵と行動にかかっているから、高い報酬を払っても御家や店の立て直しを頼みに来る者たちが後を絶たないのだ。

そんな中に、『笠間屋』の主人・仁兵衛がいた。

「お初にお目にかかります……」

智右衛門の前に座った仁兵衛は、人ときちんと目を合わさず、どこかおどおどした態度であった。後ろめたいことがあるのではなく、自信のなさの表れだと、智右衛門は判断した。その理由が何かは話を聞いてみないと分からないが、

——こういう手合いは関わりを持たない方がいいな。

と思った。大概、自分の都合だけを一生懸命訴えて助けを求めるのはいいが、大

した努力もせずに失敗をすれば人のせいにし、成功をすればいい気になって、報酬を渋る輩《やから》が多いのだ。

「用件を聞きましょう。でも、簡潔にお願いしますよ」

素っ気ない言い草の智右衛門に、仁兵衛は丁寧に頭を下げて、

「申し上げます。私、『笠間屋』という絹の卸問屋をしております。出身が笠間なので、店の屋号にしました。かつては、笠間城の城下町として栄えて、また日の本で、三大稲荷と呼ばれる笠間稲荷神社の門前町がありまして、私の祖父と父は……」

「あなたの親の話はよろしい。一体、何に困っているのですかな」

明らかに年下である智右衛門から、ぞんざいな物言いをされて、仁兵衛はわずかではあるが、惨めな気持ちになった。それが顔に表れている。口にこそ出さなかったが、『北条屋』の主人と似たような偉そうな態度に、

――こいつもか……金持ちだからって、偉そうにしやがって……。

と胸の中で呟いた。

「人は心の中で何かを思うと、自分では気づかなくても、表に出るものですよ」

「えっ……」

「私への感情などはどうでもよろしい。とにかく、何に困っているのか。そこから、話してくれなければ、先に進めません。後も控えていることですしね」

「は、はい……分かっております……」

仁兵衛はごくりと唾と一緒に嫌な気持ちも呑み込むと、

「騙《だま》されたのです。『鷹屋』と名乗る取り立て屋に、してやられました」

と明瞭な声で言った。智右衛門は『鷹屋』という言葉に引っかかって、

「それは、何ですか？　鷹でも売っているのですかな」

「いえ……それは……」

もじもじとして言い淀む仁兵衛に、智右衛門は少しばかり意地悪な目を向けた。

「冗談ですよ。『鷹屋』と名乗る取り立て屋ならば、私も知ってます。茂左衛門さんのことでしょ？」

「あ、はい。そうです」

「その取り立て屋に騙されたとか、痛い目に遭ったという話は、近頃、たまに耳にしておりました。債権……つまり、貸したものを返して貰うように示談する者は、この江戸に掃いて捨てるほどいます……かくいう我々も、再建に必要な売掛金などを取り返したりしますがね」

藁《わら》にも縋《すが》る思いで仁兵衛は、智右衛門を見つめた。

「何をどう騙されたのですかな？」

「はい。実は……」

仁兵衛は順番を追って話した。『北条屋』に仕入れ代金を払ったのに、売り物を卸してくれないこと。ならば、金を返して欲しいと頼んだが、相手にされなかったために、偶然出会った『鷹屋』と名乗る茂左衛門に依頼をして、『北条屋』から返済をして貰おうとしたことを丁寧に話した。

「その茂左衛門さんが、何をどう騙したというのかね。簡にして要をえる——というが、もう少し、かいつまめませんか？」

精一杯、簡略に話しているつもりだが、仁兵衛は要領が悪い自分に苛立《いらだ》っているようで、緊張が増したのか、余計に口が廻らなくなった。これでよく商売が出来ていたものだなと、智右衛門は思った。

「失礼だが、おまえさんは、本当の商いをしていませんでしたね？」

「……はあ？」

「商いとはなんですか」

「いきなり、そんなことを言われても……禅問答ですか……」

「禅問答ではない。商いの話です」

それも答えられないのかと、智右衛門は少し苛ついた表情になって、

「日本橋の絹問屋『北条屋』といえば、誰でも知っている大店中の大店だ。おたくは、そこから絹を仕入れて転売して、その利鞘《りざや》で稼いでいるだけのことで、商いとは言い難いですな」

「え……」

「黙っていても、長年のつきあいがある取引先が買ってくれるからでしょう。つまり、あなたは自ら汗を掻《か》いて、顧客とぶつかりあったことがないのではありませんか？」

「そんなことはありません。これでも、自分の足で江戸中を歩き廻って、お得意さんをせっせと集めました」

「当たり前のことを手柄だと言われても困りますな。どうせ、『北条屋』の下請けだったのでしょう？　『北条屋』が一手に引き受けるのが煩雑《はんざつ》だから、何軒かの直取引をする問屋を傘下に入れて、顧客を分配しただけではありませんか。おたくは『笠間屋』という看板や暖簾《のれん》で商いをしていたのではなく、その後ろにある『北条屋』の大看板で儲けていたのですよ。その自覚もないのですか」

冷静な智右衛門の言い方は、まるで仁兵衛を責めているようだった。だが、それは事実であると、仁兵衛はひしひしと感じていたのか、まったく反論はせずに、

「──おっしゃるとおりかもしれません……」

と素直に認めた。

「ですが、だからといって、一方的に引導を渡されるのは納得がいきません」

「そのことが不満で、私にどうしろと言うのですか？　それこそ、町奉行にでも相談した方がよろしかろう。もっとも、救いの手なんぞは差し伸べてくれませんよ」

「…………」

「つまり、『北条屋』に見捨てられた上に、『鷹屋』に騙されたのですな」

「はい、そうです」

「だったら、うちではなく、それこそ町奉行所に訴え出るのが筋ではありませんか。騙《かた》りは、殺しや盗みと同じ極刑ですからな」

これまた突き放すように言う智右衛門に、仁兵衛は縋るように、

「町奉行所では、証拠がないから諦めろと言われました……失った金のことはいいのです。『鷹屋』というのを信じた私も愚かでした……鷹は弱った獲物を容赦なく餌食《えじき》にすると言いますからね。私なんぞ狙いやすかったのでしょう」

「私が訪ねた『鷹屋』はそれは立派な店構えでした。私は安心をして頼んだのですが、『北条屋』から取り立てた百両……前払いしていたのは百五十両近くあるのですがね……茂左衛門は百両だけを取り立てて、その金を持って、トンズラをこいたのです」

「……………」

「そこにカラクリがあるようですな」

じっと聞いていた智右衛門は、冷静な口調で、

「ですが、ますます私が関わるところがないような気がしますがね」

「だからこそです！　これからは『北条屋』を頼らずに商いをして、そして『鷹屋』のような輩に騙されないような商人になりたい……だから、お願いしたいのです！」

切々と訴える仁兵衛を見つめていた智右衛門だが、

──本音は何処《どこ》にあるかは、まだ分からない。ただ、『北条屋』と『鷹屋』から金を取り返したいだけではないか。

と感じていた。

しかし、どうも虫の居所が悪い。『北条屋』にしろ、『鷹屋』にしろ、少なくとも

商人としての矜持《きょうじ》に欠ける。陰徳《いんとく》を積むという商人の心がけがなさすぎる。弱肉強食を是としている。

そういう輩は、どうも許せないという腹の虫が、智右衛門の中で蠢《うごめ》いていた。

三

仁兵衛の話していた『鷹屋』というのは、浅草蔵前の札差《ふださし》が並ぶ一角にある。いや、あるはずだった。智右衛門が訪ねたときには、やはり店を畳んでいて、もぬけの殻になっていたからである。

元々は、ある札差の店舗だったが、業績が悪くて潰れたので、その後を、茂左衛門がただ同然で借り受けて、『鷹屋』と暖簾を出して、取り立て稼業を営んでいたのである。

何故《なにゆえ》に、そのような商売が成り立ったかといえば、何軒かの札差に雇われていた、文字通りの取り立て屋だったからだ。

札差は旗本御家人の切米手形《きりまいてがた》を扱っていて、いわば幕府からの給金を支払う代行をしていたのである。その切米手形をカタにして、借金をする旗本や御家人《ごけにん》は沢山いた。だが、期限が過ぎても利子を払わないどころか、元金も踏み倒そうという阿《あ》漕《こぎ》な武家も多かった。

しかし、札差という立場上、強引に返済を求めることも憚《はばか》られる。それゆえ、『鷹屋』のような取り立て屋に代行をさせたのだ。

もっとも、この取り立て屋はタチが悪い者たちが多いし、利害関係のない武家と話をつけるには、

——相手の弱みにつけ込む。

のが一番なのである。

札差が返済を求めても返さないのに、町人が来たからといって、はいそうですかと金を渡す侍はいない。むしろ、刀に物を言わせて追っ払う輩の方が多い。まさに命がけなのである。それゆえ、色々な筋から、狙いをつけた旗本や御家人の〝弁慶の泣き所〟を探して、強引に取り立てるのだ。

「もぬけの殻、か……逃げたということは、町方の手もそろそろ伸びてきていたということだな……『笠間屋』はその最後の、いや、ついでの犠牲者ってところか。悪い奴は、最後の最後まで甘い汁は吸い尽くすからな」

智右衛門は同行していた瑞《みず》穂《ほ》に、語るともなく話した。天保の大飢饉のせいで、

親に捨てられてしまい、まだ見習いとして智右衛門のもとで修業をしている。男か女か分からない風貌ゆえ、〝うだつ屋〟の一員としては、七変化などをして、それなりに役に立っている。

「やっぱり、この世の中は金ですね。金がすべてだからこそ、人は金に踊らされて生きるしかないんです」

「何を知ったふうなことをぬかしてるんだ。商人が金を稼ぐのは当たり前。だが、『鷹屋』の連中は、人を騙して金を奪っただけだ。泥棒と同じだよ」

「でも、騙される方にも落ち度はあったんじゃありませんか？」

「落ち度？」

「はい。自分で何とかしようとせず、人に頼んだのが、そもそもの間違い。それに、楽して金を取り戻そうとか、儲けようとか考えるから、悪い奴に付け入られるんです。騙りの半分は、欲をかいた方も悪いんです」

「おまえも言うようになったな。しかし、落ち度……ってのは何だ？」

「え？」

「どういうのを落ち度っていうか訊いているんだ」

「それは……注意をしていれば、騙されることも、大切な金を奪われることもなかったと思います」

「なるほど。しかし、大勢の人が騙されているのには、何かもっと深い訳があると は思わないか。騙される方が悪いのではない。あくまでも騙す方が悪いのだ」

「はい……」

「だが、瑞穂の言うとおり、付け入られる隙が出来てしまっては、自分でも気づかぬうちに大事なものを取られてしまう。武術でもそうであろう。一瞬の隙を作らせて、そこを突く。ならば、防御する全てを覚えるしかないのだが、万人に求めるのは無理というものだ。それゆえ、町奉行所などが目を光らせねばならぬのだが、それすら、かいくぐる悪知恵を働かせる者たちがいる」

「では、どうすれば……？」

「この朝倉智右衛門に資産の管理を任せておれば、間違いないと思うのだがな」

屈託のない笑みになる智右衛門に、素晴らしい答えを期待していただけに、瑞穂はがっくりとなって、

「……そこですか」

と文句を言いたそうになった。そこへ、隣家の札差『上州屋《じようしゆうや》』の番頭と名乗る者が近づいてきて腰を屈《かが》めて、

「智右衛門さんでございますよね」

「そうですが？」

「この『鷹屋』のことをお調べですか」

「はい。色々と被害を受けた人から相談を受けましてね」

「水を差すわけではありませんが、あまり関わらない方がよいかと思います」

番頭は恐縮しながらも、どこか恩着せがましい言い草で、

「茂左衛門の後ろには、タチの悪い連中が控えております。下手に手を出すと、命だって取りかねない奴らです」

「その連中を雇っていたのは、何処のどなたたちですかな？」

「！……」

「『鷹屋』のような取り立て屋を散々、利用してきたのは、札差の方々でしょう。私から見れば、同じ穴の狢《むじな》というやつです」

「無礼なッ」

俄《にわか》に腹を立てた番頭に、智右衛門は微笑み返して、

「ご進言はありがたいが、タチの悪い輩とはこれまでも掃いて捨てるほど、丁々《ちょうちょう》発止《はっし》とやりあってきましたので、別にどうってことはありません。まあ、こっちも

イザとなれば、何をするか分からない連中がいますから」

まるで脅し返すように言うと、番頭は不愉快な顔で店に戻った。

「いいんですか、旦那様。あんな言い方をして……」

瑞穂は揉め事を増やしただけではないかと心配をしたが、智右衛門は平然と、

「茂左衛門のような奴らを産んだのは、札差連中だと言っても過言ではない。だが、自分たちの手に負えないくらい巨大な化け物になってしまった。今度は自分たちに食らいついてくるんじゃないかと兢々《きょうきょう》としているんだろうよ。少なくとも臑《すね》に傷を持つ奴らはな」

「そうなんですか？」

「おまえはどう思う。私たちには関わりないからと捨て置くかね」

「殺されるのは御免です」

「私だって、それは嫌だが、人を食い物にする輩をのさばらしておいてよいか、ということだ。どうだ？」

智右衛門の問いかけに、瑞穂は戸惑いの顔を向けて、

「……なんだか、いつもと言っていることが違いますが……たしかに困っている人を助けるお節介は焼きますが、それも金のため。違いますか？」

「もちろん金のためだよ。人助けをして、そして金になる。こんなにいい仕事はあるまい。〝うだつ屋〟とはそういうものだ。店の棟木も株も、上げなきゃ、話にならないんだからな」

教え諭すように言うと、智右衛門はさっさか日本橋の『北条屋』まで足を延ばした。

いつも跳ねるように歩いている。二十近く年下の瑞穂の方が、足腰が弱いように見える。健脚であることは血の巡りがよくて、脳や臓腑《ぞうふ》にとってもよいことだ。だから、智右衛門は頭がクルクル廻るのかと、瑞穂は思いながら懸命に追いかけた。

さすがに大店中の大店である。間口三十間もあるから、紺色の日除《ひよ》けを兼ねた暖簾が風にはためいている音が激しい。店を訪れる商人が多いから、それを目当ての茶店が出ているほどである。

金文字の大きな軒看板を見上げながら、智右衛門が店にはいると、番頭らが顔に気づいて、他の商人たちをぞんざいに押しやりながら、

「朝倉の旦那様。これは何事でしょうか」

と声をかけて近づいてきた。

「そういうことをやっていると、店は途端に傾きますよ」

「はあ？」

「私は客ではない。大切な取引先の方々を手で押しやるなんてことは、決してやってはならないことです」

「あっ、これは申し訳ありませんでした」

「謝るのは私にではなく、お客様に対してでしょう……番頭さんがこれでは、『鷹屋』に狙われるはずだ。天下の『北条屋』の名に傷がつきますよ」

智右衛門は淡々と言っただけだが、番頭はえらく恐縮して腰骨が折れるほど頭を下げて、客人たちに対応をし始めた。

そこへ、奥から出てきた主人の柿右衛門が、

「あまり、うちの店の者を虐《いじ》めないで下さいまし、朝倉の旦那さん」

と声をかけた。親しみを感じさせる態度であったが、智右衛門の方は一歩引いて眺めている様子で、『鷹屋』のことで話を聞きに来たと話しかけた。すると、柿右衛門は気まずそうな顔になったものの、

「どうぞ、奥へ……私も相談したいことがありますので」

誘われるままに奥座敷に行くと、まるで待っていたかのように酒膳《しゅぜん》が置いてあって、まずは一杯と勧められた。来客の中には、昼間から酒を交えて商談する者があ

るのだろうが、智右衛門は断って、いきなり本題に入った。
「『笠間屋』に払うべき百五十両のうち、百両の金を、『鷹屋』の茂左衛門に渡した
そうですが、本当のことですか」
「誰から、そのことを……」
「事実なのですね」
「ええ、まあ……ですが、『笠間屋』に返していないとは知りませんでした」
「知らなかった」
「まさか、姿を消すとは思ってもみませんでしたからね」
「払う金があるなら、どうして初手から、『笠間屋』に返さなかったのです。直談
判に来たはずですが、同じような事情の他の絹問屋と一緒に」
柿右衛門は小さく溜息をついて、酒でも飲まないとやってられないとばかりに、
手酌で注ぎながら、
「絹を卸してやりたいのは山々だが、『笠間屋』らに卸せば、自分の傘下ではなく、
対等な取引の商家に迷惑がかかるんです。だから、身内同然の店には後廻しで
……」
「ですが、代金は前払いだった」

「いわば、傘下から吸い上げた金で、本店とも言えるこの『北条屋』を営んでいたわけですな……これは、まさに綱渡りと言ってもよい状況ですな」

「朝倉の旦那に嘘をついたところで誤魔化《ごまか》しはきかないでしょうから、正直に言いますが、たしかに水野様のご改革の煽《あお》りもあって、絹問屋は痛手を被ってます。問屋仲間の者たちはみな悲鳴を上げてます」

両肩を落とした柿右衛門の姿には、いつも人前で見せる威風堂々たるふるまいはない。むしろ弱り目に祟《たた》り目の雰囲気で、『鷹屋』にはしてやられたと嘆き節に変わった。

「だが、それで大損をしたのは、あなたではなく『笠間屋』たちです……どういう弱みを握られていたのです」

「え……？」

意外な目を智右衛門に向けて、柿右衛門は何の話かと惚けた。が、

「事と次第では、奪われた金を取り戻したいと思います。その上で、この『北条屋』の財務も見直して差し上げましょう」

と智右衛門は誘い水をかけるように言った。

「弱み……なんて、ありません」

「素直に『笠間屋』には払わず、その間を取り持った茂左衛門に支払ったということは、それなりの交渉があったわけでしょう」

「…………」

「あなたほどの商人が、ならず者同然の茂左衛門なんぞに、脅されたとは思いたくはありませんが……それが奴らの手段なんです。このままでは被害が増えるだろうし、また示談だの取り立てだのと称して、まさに猛禽《もうきん》のように弱り目の者たちが襲われぬとも限りません……きちんと話してくれませんかね」

智右衛門は真摯《しんし》に向き合ったつもりだが、柿右衛門の方は店の暖簾に傷がつくと思ったのか、黙りこくってしまった。

「今すぐにとは言いません。暖簾の綻《ほころ》びをしっかりと縫い直すか、破れてしまうかの瀬戸際であろうことを、承知した方がよろしいと思いますよ」

揺るぎのない目で見つめる智右衛門を、柿右衛門は唸《うな》りながら、酒をあおることしかしなかった。

――このままではダメだな。

と智右衛門は思った。『北条屋』が潰れるのは仕方がない。だが、その影響で、何十軒もの小さな絹問屋と、それに携わる職人、内職の女たち、様々な人々の食い扶持《ぶち》がなくなっては困る。その意識が、柿右衛門にはない。

「何か、そちらも相談があると言いましたね。それは一体、なんでしょうか。もしかして、財務の立て直しですか」

「いえ……もう結構です……」

「しっかりしなさいな。でないと、あなたひとりが悩んで済む話ではない。大勢の人々を苦しめることになることを、考えなされ」

険しい口調で智右衛門は言ったが、その言葉が柿右衛門の耳に痛いかどうかは、さっぱり分からなかった。傍《かたわ》らでは、瑞穂も呆れ顔で見ていた。

四

同じ日本橋本通りに面して、両替商の『水戸屋《みとや》』がある。この大店の隠居の金兵衛《きんべえ》は、〝うだつ屋〟の大番頭役を引き受けてくれている。ぶらりと立ち寄ろうとすると、

「智右衛門の旦那。お待ちしておりました」

と金兵衛が、店の中から声をかけてきた。店は息子たちに任せてから三年になるが、根岸の寮で暮らすのに飽きたのか、足繁く店に通って来ては、あれこれ商売のことに首を突っ込んでいた。番頭や手代たち奉公人は、仕方なく笑顔で相手をしているが、息子や嫁は露骨に迷惑な顔をして、

「隠居をなさったのですから、好きなことをして遊んで下さい。店に来るのは構いませんが、奉公人が戸惑いますので、仕事のことには口を挟まないで下さいね」

と念を押される毎日だった。

だが、金兵衛はまったく気にかけない。遠慮のない態度で、屋敷内をうろついては、好き勝手に過ごしていた。金兵衛が使っていた部屋に文机《ふづくえ》や箪笥《たんす》などはまだ置いてあるので、今日も『水戸屋』が関わっている店の出納状況や貸借関係を調べていた。

自分の部屋に招いた金兵衛は、何だか嬉しそうな顔で、

「これを見てご覧なさい、旦那……『北条屋』とうちの取引ですがね、もう半年も滞っているのです」

「半年も……？」

「もちろん、時々、返済はしておりますが、元金が千両という大金ですからね。と

はいえ、『北条屋』にとってみれば大した金ではないはず。それを借りなければならないということが危うい証《あかし》でしょう」

「だな……」

「倅《せがれ》はそこを見抜けなかったのかな。まったく、情けない」

袖無し羽織で袴《はかま》を絞っている隠居姿の金兵衛は、すっかり板に付いている。だが、その瞳はまだ〝現役〟のようにギラついていた。『北条屋』からは商品の絹以外に、地所などの担保も取っていないから、このまま返済が滞れば踏み倒されることになるかもしれない。息子へ文句を言いたくなるのも当然であった。

「それはそうと、どうして『北条屋』のことを？　私はまだ正式に立て直しに乗り出したわけじゃないが」

「隠居は暇だからね、その分、色々な所から噂が耳に入ってくる。『北条屋』ともあろう大店が、『鷹屋』のような三下の取り立て屋にしてやられたのは、何かよほどのことがあろうと思ってね」

「面白いことを摑んだ顔だな、金兵衛さん」

「ええ、実はね。『鷹屋』の茂左衛門という男は、勘定奉行をしていた俵原主計頭《たわらばらかずえのかみ》と深い繫がりがあるんです」

「俵原……あの公金を私腹した疑いで、自ら職を辞した……三年程前のことだったか」

「はい。八千石の大身の旗本だった俵原だが御家断絶は免《まぬか》れたものの隠居を言い渡され、従兄弟《いとこ》にあたる者が当主になっている。そもそも公金というのは、隅田川一帯の護岸に関わる入札の折に、昵懇《じっこん》の請負問屋に手心を加えて、その見返りに金を要求していたという賄賂《まいない》ですが、当人はまったく悪びれてはいなかった。これまで、誰もがやってきたことだと居直っていた」

「往生際が悪いということか。まあ、それが慣習ならば、何故、自分だけが非難されねばならぬのか……そう思ったのだろうな」

「ですが、俵原叩きの真相は、『鷹屋』潰しだった」

「というと？」

「茂左衛門という男は、知ってのとおり、札差に雇われた取り立て屋に過ぎなかったが、あれこれやっているうちに、旗本や御家人の色々とまずい裏事情を知ることが増えた。だから、取り立ての際もそれを弱みとして突いて、きちんと払わせたのです」

「なるほど……特に役職付きの旗本御家人には厄介な奴というわけか」

「ですが、茂左衛門は意外にしぶとい男で、逆に旗本らの弱みにつけ込んで、金を巻き上げるようになったのです。脅し屋ではありません。借金取りが頼まれ仕事であったのと同じように、あくまでも人からの仲介によって、揉め事を示談にするためです」

「示談……」

「はい。人と人、あるいは人と役人、人と大店などとの揉め事を始末していたのです」

今で言えば、〝示談交渉人〟というところであろうか。表沙汰にされては困ることを、裏で金によって事件を解決するというものである。正式な法による解決を望んでいない者たちにとっては、有益な手段なのであろう。

「しかし、公事師でない者が、報酬を得るために示談の話し合いを持ってはならない」

相対済《あいたいす》まし令が出てからというもの、金の貸し借りに関する揉め事は、当人同士で片付けることが原則となった。ゆえに、公事師が仲裁に入ることが増えたのである。

「旦那ともあろうお方が、子供みたいなことを言わないで下さいな。何もかも、お上が片付けてくれれば、その手の人間はいらない。お上が見て見ぬふりをするから、茂左衛門のような者に頼まねばならぬ、哀れな者がいるというのも確かですよ」

「だが、概《おおむ》ね、そういう輩は、人の弱みにつけ込んで、半ば脅し同然に、出来る限り多くの金を毟《むし》り取ろうとするではないか。それが有益とは思えぬな」

「では、可哀想な人たちが泣き寝入りしてもよいと？」

「そうは言わないが、人の弱みにつけ込んで、法で許されぬことをするのが、私には許せぬのだ。金兵衛さんは両替商だったから、裏渡世《とせい》にも通じているのだろうが、私は認める気はさらさらない」

「旦那に認めて貰おうなんて思ってません。ですが、私たち〝うだつ屋〟とて、多かれ少なかれ、強引なやり方をせねば、救うべき人を救えなくなるのではありませんか？」

金兵衛は教え諭すというのではなく、むしろ強要するような目で、

「これはね、旦那……商いをする者にとっての戦でもあるんですよ」

「戦……そういう考えの者は多くなったが、私はそんな殺伐としたものとは思ってないがね……戦は人を殺し、あらゆるものを壊してしまうが、商いは富を産み、人を生かすものではないかな」

「ですが、勝つか負けるかは、常に心がけておけと、旦那も言っているではありませぬか。ですから、『鷹屋』がいつ何時、こっちに牙を剥《む》いてくるかもしれませんからね。だから、下手に関わらない方がよいと、誰もが思っているんじゃないんですかね」

「ご隠居も、そう思ってるのかい」

「まさか。思いは旦那と一緒ですよ……それに『北条屋』のうだつが上がって貰わないと、うちも大損ですからな」

何か含みがあるのか、金兵衛はにんまりと笑った。

「もしかして、茂左衛門の行方を摑んでいるのではありませんか？」

「さすが、お察しがいい」

「嬉しそうな金兵衛さんの顔を見ていると、そうとしか思えないのでね。その筋に詳しいとは、さすがは江戸で一番の両替商だと言っておきましょう」

半ばからかうように言う智右衛門を、金兵衛は頼もしそうに見ていた。

その足で、すぐさま向かったのは、品川宿にある『瀧本《たきもと》』という屋号の脇本陣であった。大名行列の随行員が宿泊する旅籠《はたご》だが、ふだんは町人も利用できた。もっとも、誰でも泊まれるわけではなく、町年寄のような身分や武家の推薦書などを持参していなければならなかった。

茂左衛門は追われる身であることは確かだが、町奉行所は〝借金問題〟には積極的には関わらず、町名主や地主などを間に入れて、当人同士で片付けるように助言している。出入筋という民事訴訟に持ち込むのは、よほど拗《こじ》れた場合であるが、お白洲で裁決して貰うためには証拠がすべてである。だが、『鷹屋』に頼んだ事案というのは、仲介の依頼を文書で交わすということはまずない。よって、公の場で争っても、何が真実か不明なことが多いので、奉行所としても裁きようがないのだ。

むろん、茂左衛門としても、その辺の事情はよく知っているから、強引な仲介をしていたのだ。出入筋の事案は、奉行まで上がることは少なく、吟味方与力が担当して、内済《ないざい》という和解によって幕引きすることが多い。当然、茂左衛門は吟味方与力の弱みを探して、色々と裏工作をすることもある。

もし清廉潔白な人物で、付け入る隙がないとしても、その親族や縁戚には、ひとりやふたり、人様に言えぬことをしているものだ。それを引き合いに出して、強引な取引をすることもある。人間というものは弱いもので、立場が危うくなると、たとえ吟味方与力であろうと自己保身のために、渋々と落としどころを見つけるものだ。

そんな修羅場を生き抜いてきた男である。身を隠す術《すべ》も心得ていた。それゆえ、智右衛門が突然、脇本陣に現れたときには、驚きの表情は隠せなかった。もちろん初対面ではあるが、お互いに、

——只者ではない。

ことは承知していた。もっとも、智右衛門には正業があり、茂左衛門は『鷹屋』という暖簾をかけていたことはあっても、取り立てが正業とは言えなかったから、どことなく卑屈な態度であった。

「よろず立て直してみせるという朝倉智右衛門さんが、私に何の御用ですかな」

智右衛門は一度会ってみたかったから、探していたのだと挨拶をしたが、茂左衛門は言葉どおり信じることはなく、訝しげな目を向けながら、

「私がここにいることを、どうして……」

「蛇《じゃ》の道は蛇《へび》、とでも言っておきましょう。実は、あなたに手伝って貰いたい立て直しがあるのです」

「それは無理ですな。私には〝うだつ屋〟のような才覚も技量もありませぬ」

「冗談ばかり……『北条屋』という絹問屋はご存じですな」

言わんとすることを察したのか、茂左衛門の双眸《そうぼう》がギラリとなった。

「この江戸で屈指の絹問屋が、傾きかけておるのです。私は主人の柿右衛門さんに頼まれたわけではないが、うだつを上げ直さなければなりませぬ」

「……なぜ、そのようなことを？　義憤にでも駆られましたか」

「ええ、まあ。あなたが騙し取った金を取り戻したいという商人もおりますからな」

智右衛門の言い草にカチンときたのか、茂左衛門は感情を露わにした。

「泥棒扱いされる謂《い》われはないが」

「私は町方与力でも同心でもない。あなたがお縄になろうがなるまいが、それもどうでもいい。ただ、『北条屋』が潰れてしまっては、その下請けの問屋たちもみなこける。そうなれば、私が財務を預かっている商家も店を畳むはめになる。つまりは、私も損失をするということです」

「…………」

「うちのような仕事は、商人の利鞘から、食い扶持を戴いているようなものですからな。何も産んでいるわけではない……それは、あなたも同じでしょ？」

相手を揺るぎのない目で見つめながら、智右衛門が詰め寄るように言うと、

「まあ、そうですな……職人のように何かを作るわけでも、売り物を運ぶわけでも

ない」

「ええ。商人は、右のものを左に移すだけで利益を得ていると言いますが、私なんざ、人様の金を算盤で弾いただけで、儲けさせて貰ってます。とはいっても卑下《ひげ》をしているわけではありませんよ。お役人が自分たちの食い扶持のために、百姓から取り上げた年貢を数えるよりはマシだと思うております」

「さあ、それはどうですかね……」

茂左衛門もじっと見据えたまま、智右衛門の真意を探るような表情を続けて、

「これまで私が見てきた限りに、どんな人間も五十歩百歩。みんなろくでなしばかりですよ。あなたが、そうでないことを願っておりますがね」

と不敵な笑みを浮かべた。そして、ゆっくりと話をしようと、膝を崩した。

五

数日後、『北条屋』主人の柿右衛門が自ら、智右衛門の屋敷に訪ねてきた。まだ潰れたわけではないが、改めて『北条屋』の再建を依頼するためであった。

「先日は、ありがとうございました……あんなに簡単に、『鷹屋』から金を回収し

て戴けるとは、思ってもみませんでした」

丁寧に頭を下げる柿右衛門に、首を振りながら智右衛門は言った。

「あなたのためではない。その下にいる商人のためだと言ったはずです」

真剣なまなざしの智右衛門に、申し訳なさそうな笑みを浮かべた柿右衛門だが、まだ何処か、誇りを捨て切れていない様子が垣間《かいま》見られた。お大尽気分はそうそう捨てられるものではない。しかも、入り婿で主人の地位を握ったとはいえ、小僧から這い上がってきた男だから、苦労をしたという自負もあろう。

「今、『北条屋』が置かれている立場というのを、もう一度、篤《とく》と考えてみて下さい。『水戸屋』から借りている千両なんて金は、ほんの一部のこと。返す当てのない数千両の借金、この先、どうするつもりですかな？」

「それを、相談に来たのです」

柿右衛門は身を乗り出して、縋るような目になって、

「なんとか、智右衛門さんに店を買い取って貰うことはできませんでしょうか」

「買い取る？」

「はい。その上で、私は雇われ主人にして戴いて結構でございます。無理なお願いとは思いますが、そうすることが、奉公人たちにとっても、一番よいことだと思い

ます。これから、他の店に勤めさせるのも難儀ですから」

「あなたの言うとおり、無理なお願いですな」

「え……？」

「借金だらけのあなたの店を買い取って、私に何の得があるのです」

簡単に突っぱねられて、柿右衛門は呆然となって智右衛門を見ていた。

「絹問屋を営むつもりなんぞ、さらさらありません。私はあくまでも、立て直しの智恵はお売りするが、自ら商売をする気はない。商売ほど厄介なことはありませんからな」

冷たい言い草に感じたのであろう。柿右衛門は今度は、腹立たしげに少しばかり、言葉を荒《あら》らげて、

「だったら、何のために『鷹屋』から金を取り戻したのです。うちから奪った金を、傘下の『笠間屋』たちに返しただけですかッ」

「そうですよ。あなたの都合で、前払いをさせられた挙《あ》げ句《く》、肝心の売り物が入らないのでは、首を吊れというのと同じですからね。まずは、そこから助けただけです。その上で……」

「その上で？」

「『北条屋』さんに代わる大店を紹介しようとしたのですがね……あんな酷い目に遭った『笠間屋』さんですら、柿右衛門さん……あなたには恩義があるといって、何とか店の立て直しを願っているのです。つまり、これからも『北条屋』さんと商いを続けたいとね」

「仁兵衛……さんが……」

「ええ。その心意気に応《こた》えなければ、先代にも申し訳ないんじゃないのかい」

智右衛門の言葉に、打たれたようにハッとなった柿右衛門は、俄《にわか》に恥ずかしそうに目を伏せた。『北条屋』の暖簾は何代も続いているが、御用達商人としてさらに大きな商いにしたのは先代である。店の間口を広げたのも、先代の努力の賜《たまもの》だ。にもかかわらず、柿右衛門は初めから自分の手柄ででもあるかのように、金を湯水のように使い、返すあてのない借金まで重ねてしまった。これでは、人から信頼を失っても仕方があるまい。

「儲けという文字は、〝諸人〟と〝信〟が重なってできている。多くの人々からの信頼を重ねて、ようやく人並みに儲けることができるのです。そうでしょ？」

たしかに商売は信頼が第一だ。智右衛門にそう言われて、柿右衛門は穴があったら入りたくなった。

「……借金といっても、私が贅沢をしたわけではありません。商いを広げたかったのです。ご存じのとおり、絹は贅沢だからと、大奥も大名の奥向きも新しい着物は作らなくなった。しかし、木綿などは太物《ふともの》問屋仲間が仕切っていて、私たちが入り込む余地はない。だから、何とか安い絹を作れるように、蚕農家などにも工夫をさせ、運送にかかる費用を減らすために、自ら船主となったり、他の事業もしようとしました」

「だが、どれも上手く運ばなかった……帳簿を見せて貰ったが、酷いものだ」

「──はい」

どうしようもないと、柿右衛門は諦めたように首を振るだけだった。

「訊いておきたいが、『鷹屋』に付け入られたこととは、一体、何なのですかな」

「それは……」

困った顔になった柿右衛門を、智右衛門は自ら言い出すまで、じっと待った。

「人の弱みを突いてくるのが、茂左衛門のやり口です。大福帳《だいふくちょう》などを見た限りでは、商売上の揉め事ではないと思うのですがな」

「…………」

「隠せば隠すほど、ああいう類《たぐい》の輩の脅しのネタになるのですよ」

「はい……実は……私には、ひとり息子がいるのです。まだ十六なのですが……さる茶屋の娘に手を出して、孕《はら》ませてしまったのです。それで……」

「なるほど。それで、その娘の親が、茂左衛門に頼んで、強引に内済を申し込んできたというわけか」

女絡みの醜聞ほど付け入られ易いことはない。たとえ柿右衛門自身のことではなくても、いやむしろ、息子とか娘、あるいは孫などに関わることの方が、脅しやすいのである。

「それで、茂左衛門に金を払ったことがあるんだね」

「ええ。五百両ばかり……」

「随分と阿漕なやり口だが、あなたもそこで脅しに屈したから、今度はそのことがネタになるのですよ」

「おっしゃるとおり、次は取るに足らないことで、言いがかりをつけられるようになりました。息子の不祥事を揉み消そうとしたことが仇《あだ》となりました……言いがかりと言っても、あくまでも店と顧客の間に入って取りなしをするという姿勢ですからね、相手が〝正論〟になってしまうのです」

「それも『鷹屋』のやり方だ。そうなると奉行所に赴《おもむ》いても、事が露見するだけなので、今まで払った金はパアになってしまう。しかも、相手は決して自分に寄越せとは言っていないはず。あくまでも、揉め事の仲裁をしたと言うだけだからな」

「はい……」

「そういう面倒な輩だということを、奉行所の方も承知しているから、余計に素知らぬ顔をするのだ……あなたは、すっかり茂左衛門のカモになってしまったんだよ」

「では、どうすれば……」

不安を隠しきれない柿右衛門の顔からは、〝商いの鬼〟どころか、まったく自信が消え失せてしまっていた。

「繰り返しますが、『北条屋』が持ち直すしかないのです。そして、あなたなりの救貧対策をすることですな」

「救貧対策……？」

「商人は何のために稼ぐのですか」

「は？」

「先代の柿右衛門さんは、あなたに何を教えてきたんでしょうね。私も直にお目にかかったのは二、三度しかありませんが、一瞬にして本物の商人だと分かりました。

理屈ではありません。そう感じたんです」

「義父のことを……」

「欲だけが先走って、懐を肥やしているだけの商人と、そうではない商人の差は歴然と顔に表れ、態度に出ます」

「態度に……どういうことでしょう」

婿養子だから心から弱いというわけではないだろうが、苦労人にありがちな悪い面が出ていると、智右衛門は思った。自分は人に言えない苦労をしてきたから、自分自身が報われたいと願う者と、苦労をしてきたからこそ、人には余計な苦労はさせたくないと思う者の違いである。

先代柿右衛門は明らかに後者であって、飢饉や災害のときのみならず、病人や老人がいて困窮している家や、寺子屋にも通えない子供たちに援助をしていた。

「はい……そのことは承知しております……規模の違いはあれど、代々、そうしてきておりました。その精神を受け継いで、私もそれなりにしてきたつもりですが、肝心の稼業が傾いたので、余裕がなくなり……」

「そこが逆なのではありませんか」

「逆……？」

「余剰があるから、人助けをする。そんなのはやろうと思えば誰でもやれる。先代の柿右衛門さん……いや代々の柿右衛門さんたちは、困っている人を救うために、商いをしていたのです。それが商いの目的だったのではありませんか」

「人を救うために……」

「そりゃ、ご主人たちもひとりの人間ですから、心の中では大変な思いをしたでしょう。何故、こんな苦労をしてまで、人のために尽くさなければならないのだ。金や物を恵んでも、金持ちだから当然だと思われ、施しをして良い気になっているだけだと中傷されたり、必ずしも世間は理解してくれなかったかもしれない」

「…………」

「けれど、商売とは、困っている人を救うためにやる、という〝家訓〟は変えてこなかった。心の中はどうであれ、行いが一番なんです。実際に、困っている人を助けてきたという事実が、今の『北条屋』を成り立たせているのではありませんか。もう一度、『北条屋』の由来を思い出して下さい」

智右衛門に強く言われて、柿右衛門はゆっくりと目を閉じて、

「たしかに……初代は、伊豆北条の出だからこの屋号をつけましたが、〝豊穣〟によって人々の暮らしを豊かにして、〝放生〟によって生きとし生けるものに感謝し

て助け、〝方丈〟で暮らす質素を旨とする……そんな思いをすべて込めていたと聞いたことがあります」

「店の間口が三十間もあるのは、贅沢を見せつけるためではない。人は一丈四方あれば、充分に暮らしていけるが、店の間口は、世間との繋がりを広くするためのものだ……先代はそう言ってましたがね」

「………」

「いかに多くの人たちの役に立っているかを物語っているのです。ですから、あなたもそうなるよう努めるべきだと思います。そのための智恵ならば、幾らでもお貸しします」

微笑を浮かべた智右衛門には、まるで後光でもさしているように柿右衛門は感じた。そして、思わず頭を下げるのであった。

六

本所深川の本法寺《ほんぽうじ》の周辺はすっかり田畑が広がって、急に田舎くさい雰囲気になるが、横川沿いには武家地と町屋が混在しており、賑やかな暮らしぶりであった。

その一角に、俵原主計頭の屋敷はあった。

かつて勘定奉行であったことすら、近在の者は知らぬであろう。冠木門《かぶきもん》の屋敷ではあるが、大名並みの長屋門を擁した屋敷に住んでいた頃に比べれば、まさに都落ちであった。

しかし、脂ぎった顔と狸腹は、まだまだ欲望がたぎっており、隠居とは縁のない暮らしをしているようだった。上座に座った俵原の前に、茂左衛門が控えて丁寧に頭を下げてから、持参した菓子箱を差し出した。中には、封印小判が二十個ほど入っている。

「うむ……」

と頷《うなず》いただけで中身を見ることはなく、

「儂《わし》を幕政から追いやった連中は、おまえから取り立てされることもなく、のうのうと暮らしておるわい」

「そのようですね。たかが私ひとりを潰すために、御前を勘定奉行の座から追いやらざるを得ないとは……それだけ、幕閣連中には人に知られたくない、弱みがあるということです。ですが、御前も私も却って、仕切り直しができて良かったのではないですか」

茂左衛門の物腰は謙っているように見せてはいるが、俵原とは一蓮托生なのか、対等に見えた。幕府の役人の〝醜聞〟については、ほとんどが俵原が自らの密偵を使って調べ上げたものだ。そのネタをもとに、茂左衛門は札差に滞納している金を巻き上げ、その利鞘《りざや》を稼いでいた。

札差の方としても、全額戻って来なくても、回収できれば良しとしていたので、茂左衛門に手数料として破格の金を与えていた。そして、そこから俵原の所へ献上される。献上されれば、俵原は幕府の公金の使い道を分配する権限があるので、公儀普請などに関わっている問屋や札差に便宜が図られるということになる。

いつの世も、権力に近い者たちが、持ちつ持たれつの関係にあることで、農民から吸い上げた四百万両もの公金を、自分たちの旨味のために使うことができたのである。

ただ、茂左衛門の暗躍が仇となって、俵原がその本筋から外されただけのことである。ならば、いっそのこと茂左衛門はもっと地中深く潜って、密かに〝臑に傷を持つ〟幕閣連中から、示談金を巻き上げることに専念した方がよいと思えた。

そのために、智右衛門を利用しようと、ふたりは画策していたのである。

「ここまで上手く、〝うだつ屋〟の方から話を運んでくるとは思いませんでしたが、奴は私を利用して、『北条屋』の立て直しをしようとしてます」

「公儀御用達とはいえ、たかが絹問屋に何を思い入れしておる」

「人助け……とか」

「片腹痛い。儂は、人のためとか、世の中のためという大義名分をぶち上げて、金儲けをしている連中が一番、嫌いだ」

「私もです。だから、この際……智右衛門を使えるだけ使って、御前を勘定奉行に返り咲かせ、私もまた『鷹屋』として〝まっとう〟な商売をしたいと思います」

「まっとうが聞いて呆れるが、まあよかろう。で、一体、何を企んでおる」

俵原は茂左衛門の腹の奥を探る目になった。儲けが一致しているだけで、相手の心の奥底まで信頼してはいないようだ。それは、茂左衛門とて同じであろう。

「智右衛門は、私が『北条屋』をはじめ、色々な大店から、内済料として巻き上げた金をほとんどすべて取り上げました。それを被害にあった者たちに返したのです」

「そんなこと、おまえがよく承知したな」

「算盤を弾いた上です。〝うだつ屋〟智右衛門が乗り出してきたということは、あらゆる大店が自分たちも立て直してくれるのではないか、と本気で思ったということです……肝心なのは、思った、ということ。事実は、水物ですがね、世間が『うちは大丈夫だ』と思い込むことが大事なのです」

「騙すには、まず騙されろと？」

「もっと深い意味があります……金の扱いなら慣れきっている札差たちですら、誰もがそうであったように、回収はぜんぶできなくても、半分でも戻ってくれば御の字だと思える空気を作ることが肝心なんですよ」

自信に満ちた茂左衛門とは違って、俵原の方は疑心暗鬼の目であった。無理もあるまい。信頼していた勘定所の役人に裏切られ、自分を勘定奉行に任じた老中にも見放されたのだから、まさに政事の渡世は一寸先は闇であり、誰も信じてはならぬということを、痛いほど分かっていた。

「茂左衛門……おまえは、〝うだつ屋〟なる朝倉智右衛門を逆に利用すると言ったが、あやつの正体、おまえは知っておるのか」

「正体……？」

「儂から見れば、まだ三十半ばの尻の青い若造が、庭園のある二千坪の屋敷に住み、何十人もの奉公人を雇って、大店の財務を取り仕切るだけで、莫大な金を得ているとは、妙な商いではないか」

「畏れながら御前様だって、勘定奉行のときには、幕府の金のあれこれに目を光らせることで報酬を得ていた。世の中には、そうした役目の者がいるのでございます」

「…………」

「しかも、商人と違うのは、在庫を抱えることも、売ることもせずに、智恵ひとつで稼ぐってのは、私たち取り立て屋、示談屋と変わりますまい。いや、こっちの方が、双方の間に立つぶん、手間がかかりますが」

茂左衛門に話すだけ話させた後に、俵原はうっすら笑みを浮かべて、

「だから、おまえは脳天気なのだ」

「はあ？」

「智右衛門という男は、戦国大名の朝倉家を継ぐ者だということだが、その真偽はともかく、まったくの謎というのが引っかかる。そうであろう」

「ええ、まあ……」

「儂が手の者に調べさせたところによると、奴はとんでもない騙りだった節がある」

「騙り……」

「ああ、騙りも騙り、大騙りだ。表向きは、大店の財務を取り扱っているが、〝うだつ屋〟の顔のときは、両替商『水戸屋』の隠居・金兵衛とつるんでおり、用心棒には石橋竜之助《いしばしりゅうのすけ》という小野派一刀流の達人を雇っている。こいつは、さる大藩の次席家老までやっていたようだが、これもまたどこの藩かは不明だ。彦根藩か姫路藩とのことだが、石橋なる名の者はおらぬ。これまた偽名であろう」

「………」

「そして、芳乃《よしの》という柳橋の『夕なぎ』という船宿の女将《おかみ》が、智右衛門の密偵として色々と調べ事をしている。この女の正体も分からぬが、もしかしたら〝くの一〟の鍛錬を受けたものかもしれぬ。そして、今ひとり……」

俵原は扇子を口に当てて、声をひそめる仕草で、

「かの二宮尊徳《にのみやそんとく》と通じている……とのことだ。単なる師匠と弟子の関わりではない。尊徳は、真心を以《もっ》て働き、自分の分《ぶん》を弁《わきま》えて、世の中の役に立て……なんぞと綺麗事を言っておるが、儂から見れば、百姓の味方ばかりをして、お上に楯を突く輩でしかない」

「たしかに……」

「分を弁えるならば、智右衛門とやらが、つまらぬことに、しゃしゃり出てくるわ

けがない。奴の狙いは他にある。儂はそう睨んでおるのだ」

「他の狙いとは……」

訝しげに顔をしかめた茂左衛門に、俵原は頷いて続けた。

「儂とおまえが密かに蓄えたものをすべて、吐き出させようとしているのではないか……そんな気がしてな」

「まさか……そんなことは無理というものです。御前と私以外に、隠し蔵すら知る者はおりませぬ」

「だが、万が一のことは考えておかねばなるまい。これが……奴を脅すネタだ」

俵原が床の間に置いてあった文箱を引き寄せて、茂左衛門の前に差し出した。開けて見ると、紐で綴《と》じられた冊子があって、何やら詳細に書き込まれてある。

それに目を通していた茂左衛門は、アッと凝視した。

「どうだ……役に立つであろう」

「え、ええ……」

「朝倉智右衛門といえども、弁慶の泣き所はあるということだ。そこを押さえておけば、百戦危うからず。儂たちの命綱だ」

茂左衛門は頷いたものの、そこに記されていることが本当かどうかということに、疑念を抱いた。少なくとも、自分が調べたこととは、違いがあるからだ。いずれにせよ、智右衛門が一体、何者であるのかという謎に、茂左衛門はしだいに惹《ひ》かれていった。

「どうした、茂左衛門……」

「これを私が預かってもよろしいですか」

「構わぬ。もし、奴が妙な動きをしたら、それを封じるために使えばよい」

「はい……ですが、私には少々、腑に落ちないことがあります」

「なんだ」

「たしかに智右衛門に関しては謎めいたところが多いですが、『水戸屋』にしろ、『夕なぎ』にしろ、石橋という浪人者にしろ、素性は分かっているし、取るに足らぬ者たちです。智右衛門の〝智恵〟になっているだけであって、それ以上の何かがあるとは思えません」

「ならば、その〝うだつ屋〟とやらは、これまで何故に、立て直しに成功してきたのだ。ひとりで出来ることではあるまい。よいか……儂は、奴が綺麗事ばかり言っているのが、〝まっとう〟とは思えぬのだ」

「…………」

「綺麗事をぬかす奴は、何かを隠している。そういうものだ。この際、智右衛門の正体を暴いてやれ。儂らが長年かけて蓄えた富を、貧乏人なんぞに分け与えられてたまるか。よいな」

まるで守銭奴のような卑しい目になって、俵原は唸るような声で命令した。

「――はい……」

茂左衛門はただ頷くしかなかった。

七

待ち合わせ場所を、船宿『夕なぎ』に指定したのは、茂左衛門の方だった。

――妙だな。

と感じた智右衛門だが、拒む理由もないから、言うとおりに従った。柳橋の船着場の側には、文字通り柳が並んでおり、神田川や隅田川から吹いてくる風が、程よい涼となっていた。

智右衛門が遅れて来ると、先に来ていた茂左衛門はすでに鰻の白焼きで一杯やっていた。屋形船で花火でも観に行こうかと、智右衛門は誘ったが、

「私は船酔いをするものでね。川風に当たりながら冷やでキュッとやる方が、性に合っているんですよ」

と茂左衛門は断り、まずは駆けつけ三杯と銚子を差し出した。智右衛門は受けながらも訝しげな目になって、

「だったら、もっと気の利いた料理屋が幾らでもあるのに」

「おや、この店はお嫌いですか」

「女将の芳乃とは、昔ちょいとあったものでね……あまり顔を見たくない。しかも、板前がいないから、料理が不味いときている」

「そうでしたか……智右衛門さんとそういう仲だったとは知りませんでした……」

「惚けなくていいですよ。『鷹屋』ともあろうあなたが、何の意味もなく、この船宿を待ち合わせ場所にするはずがない。後で、ふたりまとめて始末するつもりですかな」

「…………」

「こうなれば、先に言っておきますが、〝うだつ屋〟のひとりとして、女将には色々と世話になっている。仕事は仕事と割り切ってのことでね。女将は経世済民《けいせいさいみん》に明るくて、女だてらと言ってはなんだが、老中や若年寄なんぞより、高い志で世の

中のことを見ている。だから、私も頼りにしてるのです」

「そうですか……」

茂左衛門はそれ以上のことは何も訊かずに、

「この前、会ってから色々と検討を重ねましたが、やはり『北条屋』の借金をすべて被ることは、無理ですな」

「だが、あれだけの大店が手に入るのですよ。顧客は大奥をはじめ、諸大名の江戸屋敷のうち三分の一を占めるほどです。幾ら贅沢禁止の令が出たとはいえ、まだまだ旨味がある。それが〝居抜き〟で手に入るのだから旨味は大きい。万が一、商いが傾けば地所を売れば済む話ですよ」

「うまい話には落とし穴がある。私はあなたと違って、〝騙り〟が商売じゃない。まっとうな示談屋に過ぎませんからね、こっちが大金を払うつもりはありません」

「騙り……とは、聞き捨てなりませんな」

智右衛門の目の色が少し変わった。茂左衛門はすぐに何かを言い足そうとしたが、思い留まったように息を飲んで、

「こちらから頼んだわけでもないのに、示談屋の私に『北条屋』の立て直しに手を貸せという、その狙いは……『鷹屋』を潰すためでしょう」

「そのつもりなら、とうに出来てる」

「ほう。かなりの自信ですな」

「奉行所が動けば、あんたは盗人《ぬすっと》として、お縄になっても不思議ではない。だが、それで誰が得をするでしょうかな？　まずは、盗んだものは全部、返して貰いたい。俵原主計頭と一緒になって、せっせと蓄財したものを」

「！……」

「本来ならば、多くの人々に流れたはずの公金ではありませんか。お陰で、『北条屋』のように被害を受けた大店はゴマンとある。つまりは、あなたがその気になれば、不況に喘《あえ》ぐ江戸を救い、一気に立て直すことができるのです」

「なるほど……『北条屋』一軒のことではなく、江戸の大店すべてを考えてのことだと……それが、陰徳を積む商人にとって必要なことだと……」

皮肉っぽい言い草になった茂左衛門に、智右衛門は素直に頷いて、

「どうですかな。私と手を組んで、これからの江戸……いや、この国のために、一肌脱いでくれませぬか。あなたには、その才覚がある。〝うだつ屋〟のひとりになって貰いたい。そう思っている」

と熱いまなざしになった。

「江戸のため……国のため……ですか」

茂左衛門は冷笑を浮かべながら首を振って、

「残念だが、私のような分際では、そのような大それた志は持てません。自分の日々の暮らしに精一杯です」

「ご謙遜を。三万両もの蓄財をした人間が、日々の暮らしに困るはずはありますまい。まずは、その金、取り上げた人に返すことですな。それだけで、奪われていた人々は明日の朝、飯が食えます」

言葉遣いこそ穏やかだが、閻魔《えんま》の目つきで睨みつける智右衛門の顔には、赤みすらさしてきた。それを不敵の笑みで睨み返した茂左衛門は、たまらなくなったように吹き出して、

「世のため、人のためと、大層なことをおっしゃるが、あなたはその陰で、随分と蓄財された。智恵を売ってなんぼかは知りませんが、考えようによっては、人の金の上前をはねるよりもタチが悪いことではありませんか」

「…………」

「要するに、私とあなたは同じ穴の狢。だからこそ、似たような匂いを嗅ぎつけて、私に近づいたのかもしれないが、こっちはお断りです。そもそも、あなたのような

恐い騙り屋とは、お近づきにすらなりたくない」

「また、騙りなどと……」

「そうではないですか」

茂左衛門は口元を歪めて、一呼吸置いてから、

「――越前・朝倉義景《よしかげ》の子孫などと嘘をついて、かなりの大名に取り入ったようだが、そのような騙りは信用なりませぬな」

「嘘ではない。出鱈目《でたらめ》を言うならば、もっといい武門を名乗る。信長や秀吉に滅ぼされた情けない武将を引き合いには出しませぬ」

「言い訳は見苦しいですな。あなたは、ただの貧しい百姓の小倅。だが、偉い人に擦り寄る術だけには長けていた」

「私は百姓では……」

「では、江戸に来る前は、何処で何をしていたのですかな？」

何か言い返そうとした智右衛門は、言葉を濁した。

「ほれ、答えられますまい。では、私が言って差し上げましょう……次郎兵衛《じろべえ》という越前桜田村の庄屋を知っておりますか？」

えっと俄に驚いた智右衛門の顔を、茂左衛門はじっと見据えて、

「知らぬわけがありますまい。あなたが、その手で殺した相手です」

「…………」

「いや、殺したとは言いますまい。次郎兵衛という人は、鉄砲水で流されそうになったが、あなたは目の前にいながら見捨てた。そして、庄屋屋敷にあった数十両の金を盗んで村を逃げ出し、それを元手に、福井城下にて別の名で商いを始めた」

「…………」

「まだまだ若かったあなたは、人たらし、女たらしで、大店の主人や奥方に取り入って、絹や呉服を扱う問屋で成り上がった。人に言えない阿漕なことは、色々やっているでしょうが、ええ？『北条屋』に思い入れがあるのは、小僧から主人に駆け上がった柿右衛門さんに自分の姿を重ねたからじゃありませんか……あるいは、柿右衛門さんは、あなたの昔のことを知っているから、従わざるを得なかった」

「……どうして、私の昔のことを？」

困惑ぎみに問い返した智右衛門に、茂左衛門は獰猛《どうもう》な目つきに変わって、

「こっちも伊達に『鷹屋』をやってたわけじゃない。あなたも知ってのとおり、俵原様も幕府要職を担った大身の旗本だからな。幾らでも調べ上げることができるというもの。特に悪党のことはな」

「悪党……あんたたちに、そんなことを言われたくはありませんな」

智右衛門も少しばかり、不快な目になって声を落とした。

「で？　私の昔のことを知ったから、なんだと言うのです。脅して金を取ろうたって、そんな手には屈しませんよ」

「脅すなんて、とんでもない。話し合いをしたいだけだ」

「何を話すと？」

「氷川神社近くにある、おたくのあの二千坪余りのお屋敷と身代の幾ばくかを、私に預けてくれないかな」

「預ける……」

「俵原様が勘定奉行に返り咲くことが内定してるんだが、そうなればまたぞろ公金がガッポガッポと懐に入る。そのためには、老中、若年寄らに渡す賄賂が必要なんだ」

「私の身代をそれに使うと？」

「悪くない話だと思うがな。いずれ、その倍、三倍となって返ってくる」

「その保証は」

「私を信じてくれ……としか言いようがない」

「〝うだつ屋〟も舐《な》められたものだな」

「素直に従った方が、あんたのためだ。人助けをする前に、せっかく上げた自分の〝うだつ〟が落ちることになる。それとも……昔のことを世間にバラしてもいいのかい？」

「………」

「そして、あんたには、ここの女将との間に出来た娘がいるはずだ」

「！……」

「その娘はそれこそ、今は御旗本となっている朝倉家の養女にしているそうではないか。娘の親が人殺しまがいの盗人だと分かれば、すべてはオジャンだ。若気の至りじゃ済まねえだろうよ」

智右衛門は苦々しい顔になった。

「それだけじゃない。芳乃っていったか、女将だって、人に言えない〝けころ〟まがいの商売をしてたらしいじゃねえか。大層、上品なツラをして、やっぱり人は裏じゃ何をしてるか分かったもんじゃねえなあ」

けころとは、飲み屋の二階などで、座布団に転がって春をひさぐような、夜鷹並みの売春婦のことをいう。智右衛門は思わず腰を浮かしたが、

「おっと、手出しをしちゃまずいですよ。隣の部屋に、石橋っていう腕利きの用心棒が控えているのも承知してらあ。でもね、俺を斬る前に、芳乃と娘が死ぬことになるぜ」

と堂々とあぐらをかいたままで、

「さあ、どうする智右衛門さんよ。なにも命まで取ろうって魂胆はねえ。俺たちと組むか組まねえか。それだけのことだ」

「『北条屋』から奪った金を、簡単に私に手渡したのも、こういう裏があったからか」

唇を嚙んでいた智右衛門は、ゆっくりと腰を下ろして、

「分かりましたよ……その代わり、芳乃や娘には指一本触れないでくれ。いいな」

「さすがは御老中の水野様も一目置くほどのお人だ。潔くて気持ちがいい」

茂左衛門は薄笑いを浮かべて、智右衛門に銚子を差し出した。

八

山下御門内にある老中首座・水野越前守忠邦の屋敷に呼ばれた俵原は、月の光も

ない中庭をギラついた目で眺めていた。

小さな池があって鯉がピチリと跳ねた。観賞用ではなく、万が一、病になったときに、鯉の血は何にでも効くからである。そんなところにも、水野の用心深い気質が窺えた。客人を招き入れるときでも、刀や脇差で踏み込んで来られないほどの間合いを取って座り、背後と左右には必ず家臣を侍らせていた。少しでも客人が不審な動きをすれば制するためである。

俵原には水野に襲いかかるような殺気はない。むしろ、謙っている様子で、いかにも権力に擦り寄るような態度で、

「今般は、勘定奉行職に内定して下さり、まことに感謝しております。拝命した暁には誠心誠意、命を賭して御公儀のために働きますので、なにとぞ宜しくお願い致します」

「礼などよい……おぬしには、前々から、余と同じ匂いがしていたから、再び尽力して貰おうと願ったまでだ」

「畏れ入ります。しかし、同じ匂いとはまた、嬉しい限りです」

「うむ。極悪非道の限りを尽くすという意味でな」

「……はあ」

ほんのわずかに上目使いになって、俵原が見ると、水野は物静かな目のままで、

「おぬし、政事は何のためにある」

「もちろん、民を戦や飢餓から守り、平穏な暮らしを作って養うためであります」

「本気でそう思うておるのか」

「はい。勘定奉行とは代官を支配しております。代官は民と直に接している幕府役人であり、仁政をもって当たらねばなりませぬ。私は中国の張養浩《ちようようこう》なる人物が著した『牧民忠告』を座右の書としており、常に飢餓救済を心がけております」

「うむ。だが、その書は、統治秩序を保つことが第一義とある」

「しかし、それはやはり、飢餓と貧困にあえぐ民衆たちをどう救うのか。そして、命と暮らしを如何に守るかという為政者の自覚と努力を促すものであります。張養浩は、字《あざな》を希孟といい、孟子を希《こいねが》うという意味があるとか。私もそうありたいと心がけております」

「まこと、そう思うておるか」

「はい」

　毅然と返事をした俵原に、水野はきっぱりと言ってのけた。

「ならば、勘定奉行なんぞになるな」

「——は……？」

「政事とは、民百姓を欺くことだ。幕府が正しくて、まっとうな施策をしていると思い込ませるように騙ることだ」

「………」

「さすれば不平不満は少なくなり、一揆や暴動はなくなる。庶民というバカな連中は、目先の富や心地よささえ得られれば、政事の思惑なんぞ、どうでもよいのだ。政事とは、我々武家のために、適当な幸せな気分を味わわせて、民を黙らせるためにある。違うか」

水野の改革はたしかに幕府財政の立て直しが至上の目的であり、農民のみならず、冥加金《みょうがきん》や運上金《うんじょうきん》などによって町人への増税も断行してきた。

「勘定奉行のやることとは、ただひとつ。民百姓から、税を毟り取ることだ。名目なんぞはなんでもよい。これまでも、商家の間口の広さに応じて税をかけ、まさに沽券《こけん》に関わることだと、商人たちは従った。だが、その金は決して商人に使われることはない。我ら武家のためだ。河川の船荷改めも、街道の問屋場における貫目《かんめ》改めもすべて、そうであった」

「は、はい……」

「天災飢饉の折には、復興のための税をかけ、それを城普請や街道整備にあてがうのみならず、上様や大奥の遊興のためにも使う。金に名札がついているわけではない。取り立てればこっちのものゆえな、しぶとく集めて、好きなように使う。それが勘定奉行に課せられた使命だ。民の為、仁政の為などという浮かれた考えでは、この重職は務まるまい」

鋭い眼光を放ちながら明瞭な声で言う水野の話に、うかうかと乗ってはなるまいと、俵原は思っていた。

たしかに、水野は領地替えをしてまで、幕府の中枢に入りたかった人物である。出世欲の塊とも言えよう。しかし、迂闊に同意をすれば、腹の底を見抜かれた上に、せっかく手に摑めそうな好機を逸するかもしれぬ。俵原は一瞬のうちに、頭の中で色々な考えを巡らせてから、

「畏れながら、水野様は領民は、幕府にとって牛馬に等しいとお思いですか」

「それ以下だ」

「…………」

「牛馬は働きはするが、税を払いはしまい。民百姓は命乞いをするために、金を払う。そういうことではないか？」

「で、では……幕府の最高権力者である水野様は、民の命などどうでもよいと、おっしゃるのでございますか」

「死なれては困る。幕府は諸藩の上に立っておる。諸藩は支配する郡々《むらむら》の上に立っておる。統治する者は、民を生かさず殺さず従わせねば、この幕藩体制も崩れてしまうであろう。大所高所に立てば、『牧民忠告』もまた人を支配する考えと実践にあることに相違あるまい」

「さようでございますな……」

「いわば、勘定奉行は人民支配の尖兵に他ならぬ。泥を被《かぶ》って、世の富をもぎ取るのだ。しかし、我ら老中、若年寄は涼しい顔で、『民百姓のために仁政を敷く』と言わねばならぬ。分かるな。勘定奉行とは汚れ役だ」

きっぱりと断じた水野に対して、俵原もしかと頷いて決然と答えた。

「むろん、汚れ役に徹する所存です」

「まことか」

「武士に二言はありませぬ」

「よう言うた。では、幕政再建のために尽力して貰う。その手伝いを、こやつに頼んであるから、しかと協議せよ」

水野が手をパンパンと叩くと、用人に伴われて、裃《かみしも》姿の智右衛門が現れた。町人であっても、登城をするおりには裃を身につけるのが正装である。山下御門内の水野屋敷には、何度も足を運んだことはあるが、今宵は特別であった。

「お初にお目にかかります。朝倉智右衛門という者でございます」

丁重に智右衛門が挨拶をすると、俵原は少し驚いた顔になったが、目顔で返して、

「こちらこそ、よろしく……」

と言いかけた声が掠《かす》れた。何か策略があると俵原は察したのであろう。だが、自分からは一言も発せず、じっと待っていた。すると、水野が静かに述べた。

「民から金を吸い上げる俵原と、それを再建のためになるよう智恵を出す智右衛門。このふたりがおれば鬼に金棒だ」

「…………」

「のう、俵原。この智右衛門こそが、大坂城代から京都所司代、将軍補佐、勝手御用掛、奏者番《そうじゃばん》……そして、余が今の地位に就くまで、よい智恵を貸してくれた。領地替えもこの男の考えによるものだ。しかと頼んだぞ」

「御意……」

深々と頭を下げた俵原を見ながら、智右衛門が水野に尋ねた。

「武家のため……とおっしゃったが、それは私腹することも含まれておりますか」

「なに？」

「民を統制するは為政者の務めでありますから、世の中から広く税を集めて、それを適切に分配することに腐心すべきことかと存じます。そういう意味では、水野様の改革にあれやこれやと誹謗中傷をする人はおりますが、概ね正しいことをしていると私は思います」

「概ね、か……」

不満げに言いながらも、水野の顔は笑みを浮かべている。

「完全な人などおりませぬからな。ただ、庶民の楽しみは奪うべきではない。窮屈な世の中になればなるほど、政事もまた上手く事が運びませぬ」

「うむ……」

「そして、最も困るのが〝獅子身中の虫〟という輩でございます。権勢を後ろ盾に、我が事だけを考える者、自分の蓄財だけに勤《いそ》しむ者は、年貢を納めた民百姓はもとより、上様をも裏切っていることに他なりませぬ。そうでは、ございませぬか、水野様」

「そのとおりだが、智右衛門……まさか、俵原がそんな輩だと言うのではあるまいな」

「はい。そのまさか、でございます」

智右衛門が鋭く見やった。その途端、俵原は背筋を伸ばして、

「これは異《い》な事……身共《みども》は……」

と言いかけるのへ、智右衛門は淡々と、

「あなたが貯め込んだ三万両もの金の在処《ありか》は、すべて『鷹屋』の茂左衛門が吐露しました。すでに、うちに運び込んでおります」

「バカを言うな。奴がそのようなことを……」

言いかけた俵原はハッとして口をつぐんだ。茂左衛門との繋がりが今でもあることを、自らバラしたようなものだからである。だが、俵原はすぐに水野に向き直り、

「水野様……これまでの関わりは知りませぬが、今度ばかりは悪智恵を授けられたようでございますな」

「悪智恵、とな？」

「この智右衛門は、朝倉などと名乗っておりますが、まったくの出鱈目。私の調べでは、百姓の小倅で、庄屋を殺してまで奪った金で身を立てようとした悪党でございます。水野様に取り入ってきたのも、こやつの卑しい手でございましょう」

「こいつが取り入ったのではない。余が頼んだことだ」

「?……」

不思議そうな目になって、俵原は水野を凝視した。

「おまえは、何処で何を調べたのか知らぬが、智右衛門は余の腹違いの弟だ。もっとも、年が離れているくせに、この余にも説教を垂れる。少々、厄介な弟であることに違いはないがな」

愕然と見ていた俵原の顔が、みるみるうちに紅潮してきた。その表情を射るように見ていた水野が声をかけた。

「こいつの昔のことを……もちろん〝作り話〟をおまえに届けたのは、余の間者だ」

「!……」

「それをネタにして、『鷹屋』が智右衛門を脅したということは、まさにおまえと通じているという証だ」

俄に険しい顔になった水野は、肩を震わせている俵原に向かって語気を強めて、

「おまえが本音では、民百姓をいたぶろうという気持ちもよく分かった。まこと『牧民忠告』に書かれていることを全うすると言えば、こっちも少しは考えが変わ

ったのだがな」

「おのれ……ふたりして、ハメたのだな!?」

「新たな人材を登用する際には、如何なる人物か見極めねばならぬのは当然のことであろう。おぬしは……何も反省していないどころか、より深く阿漕な奴に成り下がっていたということがよう分かった。立ち去れ」

「——く、くそうッ……」

　思わず脇差に手をかけた俵原に、素早く家臣たちが躍りかかって、その場で取り押さえた。そして、部屋から引きずり出された。この行為だけをもってしても、切腹に相応《ふさわ》しかったが、水野のことであるから、またぞろ温情を示すのではないかと、智右衛門は思った。

　とまれ、智右衛門が、茂左衛門の脅しに屈して味方についたという大芝居で、俵原が隠していた公金の在処が分かった。とある廻船問屋の船底に隠してあったのだが、それを暴いた後に、必要である所に戻したことは語るまでもない。

「——それにしても、智右衛門……余の年の離れた弟と言わせるとは、おまえもかなりの悪党じゃのう」

「私の母が、肥前唐津藩に奥女中に入っていたことは事実ですから」

「余の父の手付きであったかどうかは、分からぬではないか。それで、脅してくるとは、『鷹屋』よりもタチが悪い」

「脅しに従う方が、疚《やま》しいことがあるからでございましょう」

にんまりと笑う智右衛門に、水野は仕方がないなと苦笑を浮かべるしかなかった。まるで、やんちゃな弟を見るような温かい目つきだった。

夜風が強くなって、襖を揺らした。

黒い雲から月光が洩れ、中庭の池の水面に明かりが射すと、また鯉が跳ねた。

# 第二話　影武者

一

蒸し暑い日が続いている。隅田川の花火が上がる時節も過ぎて、そろそろ秋風が吹いてもよさそうなのに、土埃《つちぼこり》が舞い上がる江戸の路上には陽炎《かげろう》さえ浮かぶようであった。

水不足のせいか、掘割の水位が下がって、中には川船が通れなくなっている所もあるくらいだ。このままでは干上がってしまうのではないかと思えるほどの暑さだった。しかし、打ち水すら勿体《もったい》ないから、多少の臭いは我慢して、下水の水を撒《ま》いたりしていた。

——バシャ。

とある商家の小僧が、おんぼろの柄杓《ひしゃく》で掬《すく》った溝水《どぶみず》を、たまたま通りかかった商家の旦那の裾《すそ》にかけてしまった。

「あっ。申し訳ありません。も、申し訳ありません」

懸命に謝りながら、手拭いで濡れた裾を拭こうとすると、商家の旦那はサッと小僧の手から柄杓を取り上げて、コツンと頭を叩いた。そして、手拭いと一緒に地面に打ち捨てて、

「よけいに汚れるじゃないか。このうすのろめがッ」

と腹立たしげに言った。

柄杓をもろに頭に受けた小僧はあまりにも痛かったのと、相手の目つきが隠元《いんげん》の描いた達磨《だるま》禅師みたいに恐かったので、わあっと声を出して泣きはじめた。その様子を店の中から見ていたのであろう、慌てて飛び出してきた店の主人が、

「なんですか、子供を相手にこんな……」

と言いかけたがハッと目を見開き、小僧を店内に連れ戻しながら、

「申し訳ありません。以降、充分に気をつけますので、どうかご勘弁下さいまし。本当に申し訳ありません」

「小僧に躾《しつけ》もできないとは、ろくな商売ができてないんでしょうな」

「はい。後でよく言って聞かせますから」

「おまえの躾がなってないと言ってるんだ。まったく江戸商人の面汚《つら》しだな、このダメな店のことはよく覚えておくよ。おたくとは、決して取引しないからね」

言われた方は何度も頭を下げている。それでも、フンと鼻を鳴らしただけの商人は、羽織には袖を通さず懐手にして、まるでならず者のように肩で風切る態度で立ち去った。周りで無言で見ていた人たちも、ほっと溜息をついた。

「まったく嫌味な旦那だ」

「子供相手に、あんな酷《ひど》いことをすることないじゃないか」

「この前は年寄りを突き飛ばしてたよ」

「金に物を言わせて、悪態の吐《つ》き通し。人を人とも思ってないのさ」

「どうせロクな死に方はしまいよ」

などというひそひそ声が、どこからともなく聞こえたが、誰も面と向かって言う者はいなかった。外を出歩くときは、いつも浪人者をふたりばかり用心棒として付き添わせており、下手に関わると厄介事になることをみんな承知しているからである。

いかにも憎まれ役のような面構えで、人を睥睨《へいげい》するような目つきのこの中年男は、江戸で指折りの薬種問屋《やくしゅどいや》の主人で、八十右衛門《やそえもん》という。

室町《むろまち》三丁目の浮世小路《うきよこうじ》の角地に店を構えており、『養老堂《ようろうどう》』という金文字の軒看板は、誰の目にも留まるほど大きくて輝いていた。

その看板の下を通って店内に入ろうとすると、みすぼらしい姿の職人風の男がひとり、駆け寄ってきた。すぐに気づいた用心棒たちが立ちはだかったが、職人風は必死に訴えた。

「旦那！　この店の薬で、うちの子供は死んだんですよ！　女房も病気がちで、ろくに動けない体になった……」

「だから、なんだね」

用心棒を押しやって、職人風の前に出てきた八十右衛門は、

「妙な言いがかりをつけて、狙いは金かね。欲しいなら、ほれ」

と財布から小判を一枚出して、地面に放り投げた。

「……て、てめえ、それでも人間か！」

「はい、まっとうな人間ですよ。あんたのように人様に因縁《いんねん》をつける輩《やから》とは違うんです。だって、そうでございましょ。うちの薬で死んだというなら証拠を持って来なさい。どうせ、地べたに落ちてた腐ったものでも拾って食べて、腹に中《あた》ったん

でしょ」

「ち、ちくしょう！」

摑みかかろうとした職人風を、八十右衛門が思わず足蹴《あしげ》にすると、用心棒がさらに二、三発殴ってから突き飛ばした。したたか額を打った職人風の顔は、涙と血が混じって泥だらけだった。

「まったく、験《げん》が悪い。塩でも撒いておきなさい」

そう吐き捨てて、八十右衛門は店に入った。途端に、番頭の伊兵衛《いへえ》や手代頭の泉吉《せんきち》をはじめ、奉公人が十数人、きちんと並んで出迎えた。

「ひゃっこい水を用意しておりますので、ささ、まずは奥へ」

伊兵衛は平身低頭で招いた。八十右衛門は勝手知ったる自分の家だと不機嫌な顔で、奥座敷に来ると箱火鉢の前に座った。炭火は入れていないが、そこで鉄の火箸で灰をいじるのが好きなのである。

湯飲みに入った水を運んできた下働きの女を、八十右衛門はじろりと見て、

「おみよ……おまえは役立たずだから、暇をやる。すぐに出ていけ」

「ほ、本当ですか……」

「ああ。嘘は言わない。目障りだ、さっさと出て行け！」

持って来たばかりの湯飲みを投げつけたとき、

「余計なことをするな」

と言いながら、薄暗い隣室から、寝間着姿の男が出てきた。

その姿や立ち居振る舞いの様子はもとより、八十右衛門と瓜二つの男である。太めの眉《まゆ》に腫《は》れたような上瞼《うわまぶた》に鋭い眼光、末広がりの鼻、太い唇にいかつい顎《あご》。どこをどう見ても同じ顔であった。

驚愕《きょうがく》で腰が崩れたおみよは、その場で身動きができないでいた。

「平吉《へいきち》……おまえの魂胆は分かってる。おみよを助けてやりたいんだろうが、そうはいかないぞ……こいつは今日の私の餌だ」

野卑《やひ》な目つきで言った寝間着姿の男の、その野太い声も、八十右衛門にそっくりであった。いや、この男の方が——本物の八十右衛門で、表から帰って来た平吉と呼ばれた男は、ただの〝影武者〟なのである。

八十右衛門はいきなり手にしていた心張《しんば》り棒で、ビシッと背中を叩いた。

「それで私の真似をしているつもりか。まだまだ甘いんだよ！　もしバレたりしたら、私の命が危ないんだ！　もっと真面目にやれ！　私が見てないとでも思ってるのか！」

「え……？」

「なんだ、あの水をかけた小僧にコツンと柄杓で叩くだけとは。あんなことされたらな、あの店を潰して、うちのものにするくらいの痛手を負わせなきゃ、意味がないだろうが」

「いえ、しかし、子供がしたことだし……」

言いかけて平吉は、首を竦《すく》めた。俄《にわか》に顔を引き攣《つ》らせた八十右衛門は、無言のままビシッ、ビシッと立て続けに数回、背中や肩、膝などを打ちつけ、骨が軋《きし》むような音がするほどだった。

「旦那様……これ以上やれば、平吉が使い物にならなくなります……」

遠慮がちに伊兵衛が声をかけたので、八十右衛門はようやく棒で叩くのをやめ、

「二度と言い訳はするな。おまえは、私の影だ……影武者だ。文句も御法度、泣き笑いの勘定も御法度、意見なんぞ決してするな……ただの百姓を拾い上げてやった恩義に報いることだけを考えて生きろ。いいな。少しでも裏切ろうなんて思えば、殺す……分かってるな」

「へ、へえ……承知しております……二度と口答えなど致しません」

「分かったら、暇《いとま》を惜しまず、俺の真似をしておけ。このうすのろ！」

足蹴にしてから、おみよの手を握った八十右衛門は、隣室に引きずり込もうとした。おみよは必死に抗《あらが》って、

「だ、旦那様……ご勘弁下さい……ああ、旦那様……！」

と哀願したが、伊兵衛はもとより、用心棒たちも見て見ぬふりをしていた。平吉も箱火鉢の前に俯《うつむ》いたまま、ぐっと我慢をして手を握りしめているしかなかった。

襖が乱暴に閉じられた。

「やめて下さい！　や、やめてぇ！」

声の限りに、おみよは叫んだが、八十右衛門が平手で激しく打ちつける音がすると、静かになった。そして、衣擦れの音がして、ドタドタと床に倒れ込むような音や、必死に泣くのを我慢しているおみよの声や、八十右衛門の獲物をいたぶるような野卑な声だけが襖越しに聞こえた。

用心棒は襖の前に正座をして座り、伊兵衛はほんの一瞬だけ、

——困ったものだ……。

というような目を平吉に投げかけたものの、諦め顔のままで店の方へ戻ろうとしたが、振り返って、

「平吉……明日は大事な取引がある。商いの話はすべて私がするが、しっかりと旦

那様の代わりを務めるのだぞ。よろしいな」

「は、はい……」

「だったら、今、旦那様がやっていることを、そこでずっと見守っておりなさい。それもまた、影武者にとって必要なことでしょうからな。そろそろ、慣れてもよさそうだと思うがねえ。平吉……旦那様が言ったように下手な情けは無用だぞ。でないと、国元にいるおまえの二親や兄弟が……分かってますな」

しっかりと頷《うなず》いた平吉の耳には、苦悶《くもん》するおみよの声だけが忍び込んできていた。

二

翌朝、裏庭の納屋で、おみよが首を吊って死んでいるのが見つかった。それを見た八十右衛門は舌打ちをして、

「あそこの具合がいいから、しばらく楽しめると思ったのだがな」

とだけ言って部屋に籠もった。

その日のうちに伊兵衛らが、病死として名主に届け出て、近くの寺に葬った。が、

大切な取引の前に、面倒なことをしてくれたと、伊兵衛の胸中も穏やかでなかった。

大切な取引とは——。

小石川御薬園《おやくえん》奉行の立ち会いのもと、養生所見廻り役与力らが新薬の効能を改め、値段などを見積る寄合のことだ。町奉行所にて開かれるのだが、その場で『養老堂』の有利になるように働きかけねばならない。

もとより、平吉は百姓であるから、薬草のことについては詳しい。八十右衛門は薬種問屋の二代目とはいえ、すべてを番頭をはじめ周りの者たちが支えてきたから、素人同然である。このような難しい話し合いの場には出たがらないのだ。もっとも、それは伊兵衛からしても、公の場で出鱈目《でたらめ》なことを言われるよりは、黙って貰っていた方がよかった。

ゆえに、影武者の平吉が出向くことになっていたのである。とはいえ、面倒くさい八十右衛門の気質や人柄のことを知っている同業者は多い。だから、平吉はその雰囲気だけは振りまいておかねばならぬ。

しかも、此度《こたび》は既に、新たな化粧水と延命治療薬を申請してある。風邪や労咳《ろうがい》、脚気《かっけ》、気血《きけつ》などに効くふつうの薬は、すでに沢山扱っているし、新たな商売として面白味に欠ける。商売に関しては何もしない八十右衛門に代わって、伊兵衛たち奉公人が、医者や漢方学者らと研究研鑽を重ねて、売れ筋となるように作り上げてきたものである。

薬種問屋としての誠実さは、伊兵衛という番頭の陰の尽力による。『養老堂』は先代が作った新しい店だが、多くの江戸町人に支持されたのは、奉公人たちが身を粉《こ》にして働いたからである。

先代も決して穏やかな人間ではなく、感情にまかせて奉公人を叩いたり、怒声を浴びせたりしていたが、それは自分が行商という苦労を長年してきたからである。信頼が第一だと思っていた先代は、厳しく奉公人を躾けたのである。

しかし、息子の八十右衛門は父親の悪いところだけを引き継いで、商いのイロハもろくに知らず、ただの〝暴君〟であった。奉公人の中には不平不満を口に出す者もいたが、必ず酷い目に遭って追い出された。天保《てんぽう》の不景気な世の中、一度、お店《たな》を辞めさせられたら、奉公先はなかなか見つからない。十二歳で奉公に上がり、四十半ばから五十くらいで奉公を終える〝終身雇用〟が当然だから、自ら暇を出されるようなことはしなかった。

目に余ることは、父親を支えてきた伊兵衛が諭したものの、それでも聞かないこともあった。ただ、商売のことだけは自分には分からないから、伊兵衛任せだった。

「早速ですが……」

　伊兵衛は居並ぶ御薬園奉行や養生所与力ら町奉行所役人、そして薬種問屋仲間の商人たちに向かって、新たな化粧水と延命治療薬の効能について話した。

「この〝白美水〟は、屋号でもある養老の滝から運んだ硬質な純粋な水に、うちで研鑽を重ねた女の肌に潤いや張りをもたらす生薬《きぐすり》を混ぜたものでございます。すでに千人余りの女たちに試しに使って貰い、染みなどが薄れ、日焼けなどを冷まして白くする効き目が出ております。近頃の若い娘は、肌を美しく保つことに熱心なので、うちの秘伝の力を発揮して作りました」

熱心に語る伊兵衛を、役人のみならず問屋仲間たちも聞き入っていた。かつて、「明和《めいわ》の三美人」と謳われた美女がいた。お仙《せん》、お藤《ふじ》、お芳《よし》である。いずれも、水茶屋などの看板娘で手毬唄にもなっているほどだったが、その三美女を超える玉のような美白になるというのが売り込み言葉だった。

これまでも、『養老堂』は、〝天女丸〟という通経剤や〝薄化粧〟という化粧品などを大奥や大名の奥方向けに販売していた。これらは好評で効果もあったから、庶民の女たちにも手に入る価格で提供しようというものだ。

一方、〝延命丸〟という治療薬は、近頃増えた寝たきりの老人の体を元気に保つために、何にでも効くという触れ込みで売り出そうというものである。万能薬というのは、いかにも怪しげだが、これまでも何十種類も発売されている。生薬や漢方を使った滋養強壮剤に他ならないが、高価であって庶民の手には届きにくい。その状況を改善して、長屋住まいの者たちにこそ、飲めるような廉価薬として発売するつもりである。

「〝白美水〟と〝延命丸〟、このふたつが『養老堂』のまさに、ふたつの目玉でございますので、これまでの効き目を検討の上、ご認可下されば幸いです」

毒薬などを使うのは論外だが、人命に関わる薬については、

——毒薬並びに似《に》せ薬種売買之事、制禁す。若《もし》、違反之者あらば其の罪重かるべし……。

と正徳《しょうとく》年間に出された御定法の判例によると死罪となる。事実、乱心に効く薬を売って獄門になった医者もいる。

偽薬の定義は、効能があるかないかではなく、幕府が認めたかどうかである。たとえば漢方ならば、寛永年間に、西吉右衛門《にしきちえもん》という薬商人が幕府の許しを得て、大坂道修町《どしょうまち》で開業をしたのをキッカケに、公許の薬種問屋が軒を連ねるようになった。享保《きょうほう》年間になって、道修町薬種仲買仲間ができて、厳しい監視下にあった

長崎からの漢方薬はすべて扱うようになったのである。ゆえに、そのほかの業者が扱えば、偽薬とされるから、たとえ薬種問屋であっても気をつけておかねばならない。

しかし、仕入れた漢方や色々な地方から持ち込んだ薬草や人参、獣の肝などを使って製剤することによって、薬種問屋独自の薬を生み出していたのだ。もちろん、ただの卸売りや仲買、小売りでしかない薬屋が多かったが、『養老堂』は独自のものを製造して販売をするという大店《おおだな》中の大店であった。

今日の寄合は、いわば公《おおやけ》の場における見せ物興行のようなもので、実は事前に許しが出ている。そのとき、奉行所や役人に対して、それなりの上納金を渡すのが慣例になっているのだ。

ひとしきり、話を終えたとき、御薬園奉行の山瀬修理《やませしゅり》は、

「後ほど、検討を致す」

と言っただけで、許諾の旨は伝えなかった。

もしかして、上納金という名の賄賂《まいない》が足らなかったのかと、伊兵衛は不安になった。思わず膝を進めて、

「山瀬様……我が『養老堂』の新薬に何処か問題でもありましょうか」

「だから、後で伝えると言うておろう」

「その……後でというのは、何時《いつ》のことでございますか」

「それは身共《みども》の一存では決められぬ。しばし待っておれ」

御薬園奉行という役人は、そもそもは薬園の管理運営をするのが職務で、薬種問屋の新薬を検査したり、許可をする権限を持っていない。町奉行所がやるべきことの代理をしているに過ぎない。養生所与力も同様で、配下の同心を使って、無償の養生所の見廻りをする事務方である。それゆえ、けんもほろろに断られた気がして、伊兵衛は少しばかり腹が立ったのだ。

その伊兵衛の気持ちを察した平吉は、のそりと体を動かし、恫喝《どうかつ》するような鋭い目になって、山瀬を睨みつけた。

「どういうことですかな……散々、袖の下を取っておいて、まだ何か不満が？」

「控えろ、『養老堂』」

「何を偉そうに……あんたじゃ話にならん。町奉行を呼べ、町奉行を」

平吉は八十右衛門に成りきって、野太い声で伝法《でんぽう》な感じで言うと、山瀬も虚勢を張って、眉間に皺を寄せた。

「それ以上の無礼は許さぬぞ、八十右衛門」

「あんたに呼び捨てにされる謂《い》われはない。下級役人ふぜいが」

「これまでは、そうして無理強《じ》いして、新薬を勝ち取っていたが、今後はそうはいかぬ。薬による死人も何人も出ておるゆえな、幕閣によって方針が改められたのだ。事実、『養老堂』が出した薬でも、具合が悪くなった者が大勢いるとか」

「そんなことはない！　言いがかりも大概にしろ、サンピン！」

仮にも公儀役人相手に、まるでならず者である。さすがに、伊兵衛は必死に止めて、気色《けしき》ばんだ役人たちに平伏したが、これもいつもの情景であった。それでも、平吉は一歩も引かず、

「ならば、金を返せ、山瀬。おまえの阿漕《あこぎ》なやり口を、町場で話してもいいんだぞ。それとも、その首根っこ。この場で折ってやろうか、ええ!?」

激しく罵《ののし》ったが、山瀬の方は怒りを抑えて、やむを得ぬという顔になると、

「あの者を、ここへ……」

と控えている与力に命じた。すると、すぐさま廊下から現れたのは、なんと——

普段着である袖無し羽織の智右衛門《ちえもん》であった。他の薬種問屋たちも、何者だろうと
静かに見ていると、

「朝倉《あさくら》智右衛門……勘定奉行のもと、御公儀の財政にも手を貸して貰っている〝う

だつ屋〟だ。おまえたちも承知しておろうが、傾きかけた大名や商家を、財務の面から立て直すのを生業《なりわい》にしておる」

中には顔見知りの者もいたが、何故この場にいるのかには疑念を抱いていた。少なくとも薬種問屋組合全体では、赤字で困っている店はほとんどないからである。そして、万が一困ったとしても、組合内で相互に助け合うから心配はいらないのだ。

「いいえ。薬種問屋のすべてが不当に儲けているので、立て直しをして欲しいと、御公儀に頼まれて参ったのです」

智右衛門が毅然と一同を見廻すと、居並ぶ薬種問屋の主人たちは一斉に不快の視線を浴びせた。そんな中で、平吉の目だけが、ほんの一瞬、揺らいだ。そして、再び強面《こわもて》になると、

「どういうことだ、智右衛門とやら。私たちに喧嘩を売ってるのか」

「まあ、そういうことです。偽薬を作っているとは言いませんが、大して効能もないものを売りまくっているのは騙《かた》りに等しい」

「なんだと！」

平吉のみならず、他の主人連中も腰を浮かして身構えた。

「まあまあ、そう興奮なさらずに……私は違法な薬を暴きたいわけじゃない。何か

と批判の集まる薬種問屋に、まっとうな商人になっていただきたいだけです。それが私の立て直しでございます」

得々と言う智右衛門の生意気な態度は、一瞬にしてその場の空気を凍らせた。だが、智右衛門はそれを見越したように、うっすら笑みすら浮かべていた。

三

江戸には眉唾物の万能薬や秘薬、軟膏、化粧品などが数々、出廻っていた。体調が悪くなったり、皮膚がただれたりする事案が続いたが、販売をした薬種問屋は責任逃れをしていた。

さらに、奉行所に訴え出ても、薬との因果関係がはっきりしないという理由で、ほとんど相手にされなかった。そこで、町名主たちは町医者や養生所医師や与力、同心などに訴え出て、薬園の役人や町人学者らが一緒になって調べた結果、〝薬害〟の疑いのあるものは排除すべきだと判断したのだ。

実は、これら薬害について率先して調査したのは、智右衛門である。北町奉行の遠山左衛門尉《とおやまさえもんのじょう》に相談を受けてのことだった。

これまでの被害については個別に、町名主が中心になって調べて、只ならぬ症状ならば、薬を売った薬種問屋やそれを作った生薬問屋や薬師《くすし》などの処分をしたり、弁済をさせたりする手筈になっている。だが、すべてに徹底させるのは無理であろう。

そこで、今後は、事前に薬の効能を調べておき、奉行所のお墨付きをつけるという方策を取ろうというのだ。事実、大坂の道修町では〝官許〟の薬種問屋が揃っているので、効能はともかく、薬害に関しては一定の防御ができていた。にもかかわらず害が出たとき、場合によっては、奉行所の責任も問われることとなる。それと同じことを江戸でもやるだけのことである。

もちろん、江戸も町奉行所の許しを得て薬種問屋が営めるのだが、大袈裟な効能書きも多かった。しかも、高価だから〝医療格差〟が生まれていた。それを改善するために、かつて八代将軍の徳川吉宗《とくがわよしむね》が医療や薬草学に力を注いだのである。吉宗の治世に、江戸で一月《ひとつき》だけで八万人にも及ぶ死者が出た疫病が流行り、天然痘が広がった年もある。それゆえ、医療改革は焦眉《しょうび》の急だった。

それが天保時代にあっても、生かされているはずだが、金持ちは良い薬にありつけるが、貧しい者たちは施薬《せやく》されず、何の効き目もない偽薬を与えられる憂き目に遭っていた。

――薬種問屋は、人の命を預かっている。ゆえに、万民に行き渡るような薬作りをするべきである。

というのが、智右衛門の考えであった。

そうは言っても、薬の良し悪しは一朝一夕《いっちょういっせき》に分別できるものではないし、人によって相性も違う。まさに対症療法でしか扱うことができないのだ。

だが、まずは風邪や頭痛に効くものや、破傷風にならない薬はできるだけ安価に提供できるような仕組みにする。それでも薬を得ることができない者には、奉行所や町が援助するために、積金制度を作っておくなどの工夫がいる。そういう互助精神で、薬種問屋ががっちりと手を結ぶべきだと、智右衛門は働きかけていたのだ。

「しかしね、智右衛門さん……言うは易しで、薬は他の商品とは違って、安かろう悪かろうでは、困りますでしょう」

恰幅《かっぷく》のよい『金峰堂《きんぽうどう》』という薬種問屋の主人・義右衛門《ぎえもん》が小馬鹿にしたように言うと、他の者たちも一斉に同調した。だが、智右衛門はまったく怯《ひる》まず、

「高かろう悪かろうだから、変えねばなりませんよと言っているのです」

「待って下さい」

他の薬種問屋の主人が言った。

「たしかに高いのは認めるが、悪かろうとは聞き捨てなりませんな。薬種問屋の暖《の》簾《れん》も看板も持たない輩が、怪しげな薬を売っているのは承知してます。しかし、それは奉行所が取り締まればよい話で、私たちまで同じ扱いをされては心外ですな」

毅然と反論すると、他の薬種問屋たちも次々、ここぞとばかりに声を強めた。

「そうですとも。まるで、高値で売ることが罪だとでも言いたいようですが、元手がかかっているのですぞ」

「薬は病を治し、命を延ばすためのものですからね。嗜好品とは違うんです」

「しかるべき薬が必要なときには、それなりに金はかかって当然でしょう」

「私たちだって、欲得で高く売っているわけではない。誠心誠意を尽くしていますし、薬種問屋として矜《きょう》持《じ》も持ってます」

「薬屋の素人に四《し》の五《ご》の言って欲しくありませんな」

多勢に無勢であるからか、ますます語気を荒《あら》らげた薬種問屋たちに、

「では、薬を飲んで良くならなかった人に、あなた方はなんと言うのです」

と智右衛門は問いかけた。ズイと身を乗り出すように一同を、今一度見廻すとまるで見得でも切るかのように凛《りん》然《ぜん》と言った。

「呉服屋はいい着物を売って、綺麗になって貰おうと思いますな。料理屋は美味しいものを食べて貰って、気持ちよくなって貰いますな。けれど、あなた方の仕事は大抵、弱った人をふつうに戻すのが務めです。違いますか」

黙って聞いている薬種問屋たちに、智右衛門は続けて、

「人の体には、自分で良くなるという、本来の力がある。薬はその手助けに過ぎないが、誤った薬ならば、さらに体を弱くしてしまうことがある」

「——何が言いたいのです……」

「あなたたちは結果がどうであれ、責任も取らず、高い薬を売りつけている悪党に過ぎないということです」

ハッキリと言ってのけた智右衛門に、伊兵衛が前のめりになって、

「番頭の分際ですが、言わせて貰います。私は『養老堂』の……」

「知ってますよ。最もタチの悪い薬屋だとの評判ですな」

「ものの言い方に気をつけて下さい。私どもは公儀御用達《こうぎごようたし》を預っており、上様の覚えもめでたく、大奥はもとより、御旗本にも良薬をお届けする重責を担っております」

「だからといって、傍若無人な振る舞いは許されるものではありますまい」

智右衛門は伊兵衛ではなく、平吉を凝視した。無言のまま、平吉も睨み返したが、何も言わず悪態もつかなかった。その代わり、伊兵衛が憮然とした表情で続けた。

「主人に成り代わって物申しますが、智右衛門さんのおっしゃるとおり、私たち薬種問屋は人様の命を預かる医者と同じだと肝に銘じております。いえ、医者の中には実に怪しい者もおりますが、私たちのように公儀から許しを得て薬を扱う者に、心得の悪い者はひとりたりともおりませぬ」

「ときに、そういう人がいるから困っている。だが、私はそれを責めるために、ここに来たのではありません。法外な値で偽薬を売る輩を排除するためにも、廉価な薬を誰にでも届けられる仕組みを作りましょう……そう言っているのですッ」

わずかに語気を強めた智右衛門の表情に、伊兵衛は一瞬、引き下がるように腰を下ろした。怯んだのではなく、言っていることが正しいと感じたからである。

「では、智右衛門さんは……」

今度は、慎重な態度で探るような目つきになって、

「どうやって、薬を安くしようというのですか。薬は他の商品と違って、売り手と買い手の均衡で値が決まるわけではありませんよ。あなたが得意とする問屋株の売買で、値の上げ下げができる道理は通じないのです」

と伊兵衛は突っ込んで訊いた。

「おっしゃるとおり。ですが、〝効き目があるかもしれない〟という人々の期待が、値に反映しているのは事実でしょう」

「…………」

「原価が二束三文とは言いません。研究研磨する金もかかっているはず。それを取り戻すために、過剰な効能を宣伝し、より高く薬を売ろうという商魂は見え隠れしてます。日頃食べる米や菜の物、魚などと違って、いつも売るべき物ではない。非常の時に使うものだからこそ、値が張るのではありませんか。その点、越中富山の置き薬は、必要なときだけ使って後払いという良い仕組みを培ってきました。あなた方も、それを取り入れれば、うまく事が運ぶのではありませんか？」

「それで、薬の値が下がるという道理が分かりませんな、私には」

伊兵衛が食い下がると、智右衛門はニコリと微笑んで、

「越中富山の薬売りは、使うか使わないのか分からないけれど、予《あらかじ》め薬を置いていきます。売る側から見れば、無償で薬を置いて貰っているのと同じです」

「ますますもって、納得できませぬな」

今度は、義右衛門が身を乗り出し、その目から鈍い光を放ちながら言った。

「薬のなんたるかを知らない、ただの戯《ざ》れ言《ごと》ですな」

「繰り返しますがね、『金峰堂』さん……あなた方、薬種問屋も使うかどうか分からない薬を、置いて貰い、そして使ったぶんだけ払って貰うという仕組みにすればいい」

「それは、私たち問屋仲間のことを知らないから言えることです」

「最後まで聞いて下さい」

智右衛門は真顔で、押し切るように言った。

「いいですか。問屋仲間は自分たちの利益を確保するための集まりに過ぎません。その中で、競争するのは結構ですが、薬というものを扱う中で、それが過剰になると品質の低下にも関わってきます。だからこそ、統一した仕掛けが必要なのでありませんか？」

「統一した仕掛け……？」

「そうです。公儀普請などは、入札にかけて材木問屋や普請請負問屋などを選びますが、薬はそれにそぐいません。では、どうするか……公儀に買い取って貰うのです」

「公儀に買い取って貰う……ますます言っていることが分かりませんが。ねえ、皆さん、智右衛門さんが一体何をどうしたいのか、理解ができますか？」

義右衛門が一同に振ると、薬種問屋の主人たちは不快な表情のままで否定した。

だが、智右衛門は構わず、山瀬に向かって、

「買い取って貰うというのが語弊があれば、半分出して貰うということです」

「半分、出して貰う……」

「薬は必要な人だけが使います。使わない人は、一生、使わないかもしれない」

「………」

「ですが、いつ使うかは誰にも分からない。だからこそ、越中富山の薬売りのように、まずは公儀に置いて貰う。その際、無料ではなくて、薬代の半分は払って貰う。そうすれば、イザ必要になったときに、買う人は半値だけ払えば買えることになる」

薬種問屋たちは、唖然として聞いていた。とても、実際にはできないと思ったからだ。それでも、智右衛門は熱心に続けた。

「さらに、一文もない人には、公儀から無償で薬を与えることができる。その際、小石川養生所を経るとか、公儀が名指しした町医者を通じて渡すなどして、患者にお金の負担がかからないようにする……しかし、それは公儀が負担するのです」

「あなたたちは、例えばの話ですが……今までの半値で公儀に買い取って貰っているのだから、損はしませんでしょう」

「しかし、実際、薬はどうするのです。そんな大量な薬を置く蔵なんぞ……」

「頭を使って下さい。あなた方の店が、蔵なんです。つまり、今までどおり営めばいいだけで、公儀が半分買ってくれるということです。そうですよね、山瀬様……」

「……」

　智右衛門が振り向くと、山瀬はしかと頷いた。しかし、義右衛門や伊兵衛たちはそれでも釈然とせず、不安な顔で、

「でも、どうやって……そんな莫大な金を公儀が使うとは思えないし……他から借りて来るわけにもいかないだろうし……」

「それが、あるんです。いや、まだ、ないですがね。そのうち、薬代はわんさか集まります。そのために、みなさんの智恵を拝借して、今の状況を打開しませんか」

「……」

「薬は貧しい人にこそ届いて、意義があるのです……金持ちはそれこそ、朝鮮人参だろうが熊胆《くまのい》だろうが何でも金に物を言わせて買えばいいのですからね」

「まあ、そうでしょうが……」

ようやく肩の力が抜けたような顔になった伊兵衛に、智右衛門はしっかりと頷いた。そして、達磨のように黙って見ていた平吉の顔をまじまじと見た。目や耳、鼻、唇を凝視していると、思わず平吉は目を逸《そ》らした。

「ねえ、『養老堂』さん……おたくは、先代主人が、養老山の養老の滝にある〝孝子伝説〟にちなんで、屋号をつけたんでしょ」

奈良朝の折、元正《げんしょう》女帝が、美濃《みの》の養老山を訪れて霊泉で体を洗ったところ、病気が快癒したために、帝が年号を「養老」と改めたという。その伝説の滝の近くに住んでいた貧しい若者が、目の不自由な年老いた父のために、勤勉に働いた金で毎日、酒を買っていた。父は酒だけが楽しみだったのである。ある日、息子は偶然、美味い酒が湧き出る泉を見つけて、父親にその酒を与えたところ、目が見えるようになった。その孝行息子のことを、帝が聞いて、孝行息子を美濃守に任命したという話である。

「八十右衛門さんも、さぞや先代に孝行してきたんでしょうな」

智右衛門はそう言ったが、その場にいた誰の耳にも、皮肉にしか聞こえなかった。

ただ、平吉は忌々しげにぎらついた目で睨み返していた。が、智右衛門は平吉よりも、義右衛門の鈍い瞳の輝きが、なんとなく気になっていた。

四

その帰り道、平吉と伊兵衛はずっと誰かに尾《つ》けられている気がしてならなかった。

夜風がふいに強くなって、月が雲に隠れると俄に、通りが暗くなった。途端に、路地から数人の黒い覆面をした浪人が飛び出してきて、いきなり平吉に斬りかかった。

「ひぃッ――！」

平吉は咄嗟《とっさ》に身を躱《かわ》したが、伊兵衛の方は必死に別の路地に逃げ出した。浪人たちは伊兵衛には目もくれず、平吉に狙いを定めて斬り込んだ。が、寸前に、用心棒が進み出て、鋭く抜刀して応戦した。

――カキン、カキン！

激しい火花が闇の中で飛び散った。

「キエーイ！　チェストー！」

裂帛《れっぱく》の叫びで、お互いに怒声を上げながら、激しく打ち合っているうちに、平吉の用心棒ふたりは追い詰められ斬り倒されてしまった。かなりの腕前だったはずだが、相手の人数が多いから、一瞬の隙に背後から刃を浴びて倒れてしまった。

必死に逃げようとする平吉の顔面に、切っ先が打ち下ろされてきて、額を斬られ、すっと血が流れた。

「うっ……」

血が目に染みて、平吉は呻《うめ》きながら、その場にしゃがみ込んだ。

黒い覆面の浪人たちが血塗られた刀を突きつけて、平吉を取り囲むなり、頭目格の浪人が籠もった声で、

「薬種問屋『養老堂』の主人、八十右衛門に間違いないな」

「ち……違います……」

思わず首を振った平吉に、浪人たちはさらに詰め寄った。

「往生際が悪い奴め。これは天誅《てんちゅう》だ。覚悟せい！」

頭目格が怒声を浴びせると、浪人たちはまるでなぶり殺しでもするかのように斬りかかろうとした。が、小石が数個、飛んできてビシビシッと浪人たちの顔面に命中した。

すぐ近くの通りから駆けつけてきたのは、石橋竜之助《いしばしりゆうのすけ》——智右衛門の屋敷に起

居している用心棒である。

「何奴ッ」

覆面の浪人たちが身構えるのへ、

「丸腰の町人を斬る輩に名乗る名なんぞない。くらえッ」

と刀を抜き払いざま、竜之助は相手の小手、肘、肩、膝、脇腹などを打ち払った。

あっという間に、身動きが取れなくなった浪人たちに竜之助は刀を突きつけて、

「誰に雇われた」

「…………」

頭目格はぐっと肩の痛みを堪《こら》えながら、奥歯を嚙みしめている。

「命を捨ててでも、言えぬ奴というわけか……ならば」

竜之助が一閃、刀をグルリと廻すと、頭目格の髷《まげ》が弾け飛んだ。他の浪人たちは這々《ほうほう》の体《てい》で逃げ出したが、頭目格だけは尻餅をついたままであった。

「い、言う……言うから、命だけは……命だけは助けてくれ……」

「それは、おまえ次第だ」

鋭い声で迫ったとき、ボッチャンと水に人が落ちる音がした。振り返ると、平吉が掘割に飛び込んで必死に対岸まで泳いでいる。よほど恐かったと見える。少しで

も遠くに逃げたかったのであろう。

　それを真似をするかのように、頭目格は一瞬の隙を見て、自分も掘割に飛び込んだ。喋ったところで、竜之助に斬られるに違いないと思ったようだった。

「──ふむ。人は平気で殺すくせに、自分の命は大事か……番頭も主人を捨て置いて逃げるとは、世も末だな……いや、智右衛門の読み通り、奴は贋《にせ》の八十右衛門ってことか？」

　苦々しく唇を噛んで、竜之助は白目を剝《む》いて血だらけで倒れている『養老堂』の用心棒の無惨な姿を哀れんで見ていた。


　潜り戸から転がり込むように土間に倒れ込んだ平吉を、先に帰っていた伊兵衛がしっかりと抱き留めて、

「だ、大丈夫か……!?」

　と声をかけたが、放り出して逃げたことを恥ずかしく思っているようだった。しかし、本当の主人ではない。影武者だから、番頭が逃げ出すのは当然であった。その後、竜之助が助けてくれたことは知る由《よし》もない。

　泉吉や他の手代たちも平吉に駆け寄って、

「大丈夫かい。ああ、これは大怪我だ。早く何とかせねば！　医者だ！」

と慌てて手当てをし始めた。泉吉が伊兵衛に命じられて、町医者を呼びに行こうとしたとき、奥から顔を出した八十右衛門が、強い口調で言った。

「余計なことをするなッ」

「しかし、旦那様……」

何か言おうとする伊兵衛のドテッ腹を足蹴にして、八十右衛門はさらに怒鳴った。

「黙れ、文句がある奴は、とっとと出ていけ！」

兢々《きょうきょう》となる手代たちを睨みつけてから、平吉の胸ぐらを摑むと、

「なんだ、この顔はッ……額にこんな傷をつけやがって……この私にも同じ傷をつけろというのか、おまえは！」

「も、申し訳ありません……」

平吉は痛みを堪えながら、必死に謝った。だが、八十右衛門は腹の底から怒りを露わにして、腰を蹴りつけると、

「あれだけ顔には気をつけろと言ってたではないか！　体の傷なら隠せるが、顔はどうしようもない。おまえはもう用なしだ。何処でもいいから、さっさと失せろ！」

声を荒らげて、さらに肩を蹴った。仰向けに倒れた平吉は床で頭を打ちつけて、額からの出血がさらに酷くなった。

「と、とにかく……医者に診せます。話はそれからでも……」

殴られるのを覚悟で、伊兵衛が言うと、八十右衛門は血走った目のままで、

「伊兵衛！　おまえまで庇《かば》うか！」

「相手は腕利きの浪人が数人で、私も思わず逃げました。うちの用心棒は殺されました。でも、平吉はこうして帰ってきました。もし、死んでいたら、旦那様は二度と表に出ることはできないのですよ」

「影武者だとバラせば済む話だ」

「そしたら、『養老堂』の主人は卑怯者だという噂が立ちましょう。そんなことになったら、商いにも良くないと思います」

「黙れ！　こんなときのために、平吉がいたのではないか！」

「ですが、せめて手当てを……」

哀願する伊兵衛に唾を吐きかけた八十右衛門は、

「好きにしろ。ただし、伊兵衛。おまえも二度と戻って来るなッ」

と言って背中を向けた。すると、伊兵衛は少しほっとした顔で手代たちに、

「――大丈夫だ。後で私が話しておくから……泉吉。町医者に……」

声をかけると、泉吉はすぐさま呼びに出かけた。

町医者には、平吉は主人の八十右衛門だということで治療をさせた。何針か縫うことになったが、命には別状はない。しかし、しばらくは包帯をしておかねばならないし、外したとしても、右の眉から髷にかけて、大きな傷が残ることは覚悟せねばなるまいと念押しされた。

翌朝――。

伊兵衛は八十右衛門に平身低頭で謝った。自分の不手際で平吉に傷を負わせたことや、余計な心配をさせたことについてだ。だが、一晩眠って気分が収まっているどころか、八十右衛門の態度はますます硬化していて、

「伊兵衛。おまえにも暇をやると言ったはずだ。出ていけ。もう、おまえたちの力は借りぬ。私ひとりで、何とでもできる」

「お言葉ですが、私はともかく手代らが誰もいなくなると、困るのは旦那様です」

「代わりは他に幾らでも雇えるわいッ」

「それに、問屋仲間の寄合では大切なことが話し合われました。かの朝倉智右衛門が乗り出してきて、薬種問屋が抱えている問題を片付けようと……」

「問題？　なんだ、そりゃ」

「江戸の薬種問屋は儲けに走り過ぎている。だから、貧しき者や弱い者にこそ、薬を広く行き渡らせる仕組みを作るべきだと提案され、町奉行や御薬園奉行、そして養生所与力らも一丸となって……」

「黙れ、伊兵衛。商人が儲けないで何とする。平吉はその場で何と言った」

「懸命に……ええ、懸命に旦那様に成り切っておりました」

「どういう意味だ」

「ですから……智右衛門の思うようにはしないと……」

「他の問屋の主人たちは」

「ご公儀の考えに従います。もちろん、補助が出ますから、私たちが損をするようなことはありません。ただただ、世のため人のためになるのが薬種問屋の務めだということを、智右衛門さんは話しておられました」

「下らぬッ」

八十右衛門は箱火鉢の前で吸っていた煙管《キセル》をビシッと伊兵衛に投げつけた。弾みで火の付いた灰が伊兵衛の頬に飛び散った。すぐに払い取ったが、赤く爛《ただ》れた。

「平吉を呼べ」

「え……」

「医者の手当てを受けて休んでいるのは知っている。連れて来いッ」

ためらっている伊兵衛に、八十右衛門は今度は鉄火箸を投げつけた。避けるとまた暴れるに違いないので、もろに顔面で受けた伊兵衛は深々と礼をしてから立ち去って、平吉を呼びつけた。

おどおどと現れた平吉は、俯いたままじっと正座をしていたが、そんな姿にすら腹が立つのか、八十右衛門は奇声を上げて立ち上がると、また足蹴にして、

「おい！　おまえは問屋仲間の前で、何も言わなかったのか。朝倉智右衛門なんぞの言い分は話にならないと、文句のひとつも垂れなかったのか！」

「あ、いえ……一応は……」

「一応はなんだ」

「反対をしました。商人は儲けるのが筋であると」

ピクリと瞼を震わせている平吉は、ほんの少し八十右衛門が動くだけでも、恐る恐る首を竦《すく》めて硬直した。暴君に怯えきった領民に他ならなかった。まだ包帯が巻かれたままの、情けなく引き攣《つ》る顔を八十右衛門はバシッと平手で叩いて、

「なんだ、その目は」

「いえ、私は何も……」

「おまえが、その場でビシッと言って、智右衛門如き、半殺しにしてないから舐《な》められるんだ。その帰りに襲われたりするんだ」

八十右衛門は襲った相手に心当たりがありそうだった。傍らで見ていた伊兵衛が、思わず、それは誰かと訊くと、

「おい、伊兵衛……おまえは寄合に同席して、それも見抜けなかったのか……『金峰堂』の主人、義右衛門だ。あいつは、なかなかしたたかだからな。私を亡き者にして、その分、自分が甘い汁を吸おうとしてるんだろう。奴は、前々から公儀御用達を狙っていたからな」

「そ、そうなんですか……」

「人に情けをかけたり、弱みを見せたりすれば、すぐに嚙み殺される。それが世の中というものだ。覚えとけ！」

怒鳴ったついでに、またまた平吉を足蹴にした。伊兵衛が守ろうにも、もはや頭がおかしくなったように、八十右衛門は殴り続けた。見るに堪《た》えられなくなって、伊兵衛は顔を背けた。

次の瞬間——ゴツンと激しい音と同時に、ギャッと叫ぶ声がした。

振り向いた伊兵衛の目に飛び込んできたのは、八十右衛門が仰向けに倒れている姿だった。丁度、箱火鉢の尖った角で後頭部を打っており、静かに血が流れ広がっていた。

「あっ……！」

しばらく凝視していた伊兵衛は、我に返ったように歩み寄ったが、八十右衛門の目はすでに虚ろで、鯉のように口をパクパクさせて喘《あえ》いでいるだけであった。

平吉は冷水でも浴びせられたようにガタガタ震えながら、

「……足を……あ、足を……」

途切れ途切れに話した。八十右衛門が何度か足蹴にしたのを思わず払ったとき、滑って倒れたのだった。

「わ……私のせいです……私の……」

恐怖が過ぎて、平吉の方も気がおかしくなりそうなほど青ざめていた。

やがて、八十右衛門はガクリと息絶えて、脈も止まった。

「大丈夫……おまえのせいではないよ、平吉……私に任せなさい……いいですね」

と気を静めるように伊兵衛が慰めたとき、泉吉たち手代らも物音と声を聞いたのか、廊下に駆けつけて来ていた。

「――みんな、このことは……」

何か言おうとする伊兵衛に、泉吉たちは、

「わ、分かってます」

と返して、すべてを得心したように頷き合うだけだった。

五

数日後も――何事もなかったように、『養老堂』は営んでいた。いつもどおり客で混雑しており、番頭や手代は忙しく働いていた。誰ひとり、本物の八十右衛門が亡くなったことは口にしなかった。

そこへ、智右衛門がぶらりとやって来た。帳場に伊兵衛の姿を認めると、

「番頭さん。先日はどうも……大丈夫でしたかな、ご主人は」

「はあ――？」

驚いた顔を向けた伊兵衛は、わずかにバツが悪そうな表情になったが、智右衛門の方が先に話しかけた。

「あの帰り道、暴漢に襲われたそうだが、大丈夫だったかい。ずっと気になってい

たのだが、忙しくてね」

　水菓子の入った風呂敷包みを、智右衛門は見舞いだと言って渡した。

「あ、あの……どうして、そのことを？」

「たまさか助けに入ったのが、うちの用心棒でね。石橋竜之助といって、なかなかの達人なんだが、一歩、遅かったのか、ご主人は怪我をされたとか」

「え、ええ……その夜のうちに、医者に手当てをして貰いましたが……怪我をしたのは額なので芳しくなく、奥で休んでおります」

「そうですか。差し支えなかったら、ちょっと挨拶をしたいのだがね」

「いや、それは……」

　まだ体調が優れないからと、伊兵衛は断ったが、

「実は、こちらから相談をしたいことがあって、訪ねようと思っていたところなのです。ええ、この前の新たな〝置き薬〟のような仕組みや、これからのことを」

　と身を乗り出した。

「丁度よかった。私の方も、公儀御用達の『養老堂』さんには、色々と率先して貰わねばならないことを伝えねばと思っていたところなんです。それに、ご主人を襲った浪人の素性のことも……」

最後の方は声を潜《ひそ》めた智右衛門を、ドキリとして伊兵衛は見やった。

「襲った浪人の素性……ですか」

「心当たりでも？」

「あ、いえ……そういうわけでは……」

八十右衛門は『金峰堂』の手の者だと勘繰《かんぐ》っていたが、口には出さなかった。何かもっと重要な話があるのだろうと察した伊兵衛は、ふたりだけで話した方がよいと、すぐ裏手にある茶店に出向いた。その二階は、重要な商談をするときに、いつでも使えるようにしているのだ。

黒蜜のかかったきな粉餅と茶を、女中が運んできただけで、他に人の出入りはない。『養老堂』店内の奥座敷でもよいのだが、八十右衛門が口を挟んで商談が台無しになることがよくあったので、伊兵衛はこの座敷を使っていたのだ。

開け放った障子窓の外には、掘割が見えるが、水位がすっかり下がっている。そのせいか異臭も激しくなって、乗り捨てられている川船も日照りのせいで随分と傷んでいた。

「相変わらず水不足……恵みの雨が欲しいところですな」

智右衛門がきな粉餅を食べながら言うと、伊兵衛も頷いて、

「はい。荒川や隅田川ですら、随分と水量が減って、カラカラになった田畑もあると聞き及んでおります。すでに枯れた稲もあるそうで、凶作にならなければいいですがね」

「ただでさえ不景気で、人々の暮らしが困窮しているのに、作物不足になれば、またぞろ貧しい人たちの口に入る食べ物が少なくなる。それで滋養に欠けて病人が増えれば、薬も足りなくなって、高値になる……悪いことの繰り返しです」

「ええ……」

「そうならないよう願ってますが、万が一、病人が増えたときに、薬種問屋組合が救済できる方策に改めて取り組みたい。そう思っております」

真剣なまなざしで言う智右衛門に、伊兵衛は違和感のある目になって、

「失礼ですが……智右衛門さんは、いつから慈善をするようになったのでしょうか。商家や武家の立て直しをするのが……」

「前にも言いましたでしょう。これは、公儀の財政の立て直しの一環でもあるのです。百姓や町人から集めた年貢や冥加金《みようがきん》などの税は、うまく還元されなければならない。無駄遣いをなくして、本当に困った人々に行き渡るようにしなければ、立て直しとは言えますまい」

「は、はあ……ですが……」

「言いたいことは分かります。八十右衛門さんは、その考えの対極にある人だと……しかし、あなたはどうですかな、伊兵衛さん」

「私は……そうですね……先代の教えは、〝目明き千人……〟と言いましてね、世間というのは冷たいときもあるが、温かく迎えてくれるときもある。だから、謙虚さを忘れず、ひたむきに自分の信じる道を進みなさいというものでした」

「だけど、八十右衛門さんは自分がやるべき道を忘れていた……」

「あ、はい……」

「これからは、番頭のあなたがシッカリとしなければ、『養老堂』は潰れるかもしれませんよ。問屋仲間に出されていた大福帳の写しを見ましたが、随分と雑な勘定ですな」

「申し訳ありません……」

「謝るような話ではない。この前の寄合でも話しましたが、薬種問屋は他の商いとは違って、儲け一辺倒では世間が許しません。先代が世間の見る目の厳しさを感じていたのは、その使命を熟知していたからでは？」

「おっしゃるとおりです……」

　伊兵衛は恐縮したように頭を下げると、

「そこで、お願いがあるのです。主人は心を入れ替えると申しております……ですから、智右衛門さんのお力を借りて、傾きかけた『養老堂』を、なんとか信頼をされる店に戻したいのです」

「──八十右衛門さんがそう……？」

　わずかに訝《いぶか》しそうな目になった智右衛門に、伊兵衛は大きく頷いて、

「ええ……おそらく、あんな恐い目に遭ったから、きっと世間に仕返しをされたと思ったのでしょう……」

「そうですか……私は薬種問屋組合すべてについて考えていたのですが、八十右衛門さんが率先して動いてくれるのならば、肝煎《きもい》りの『春木屋《はるきや》』も、先代と四つに組んでいたように、また頑張ってくれるのではないでしょうかね」

「私もそう願っています」

「ならば、まず言っておきますが……」

　智右衛門は少し声をひそめて、

「公儀御用達という、おたくの大看板を欲しがっている問屋があります。それは、『金峰堂』さんです」

「やはり……」

思わず頷いた伊兵衛に、承知していたのかと訊いてから、智右衛門は続けた。

「先日、八十右衛門さんを狙った浪人たちは、『金峰堂』の主人が雇った者と思われますが、薩摩《さつま》浪人かもしれませぬ」

「薩摩……」

「知っての通り、薩摩藩は琉球《りゅうきゅう》と密《ひそ》かに交易をしており、中国からの漢方薬などもふんだんに仕入れております。密かにといっても、幕府は黙認しているだけで、すべてを承知していますがね」

「ええ……」

「薩摩の出である『金峰堂』の主人、義右衛門さんが、藩命を受けて、江戸の薬種問屋を牛耳りたいという思惑が見え隠れしてます。石橋の話では、襲った浪人の中には、薩摩独特の示現流《じげん》を使う者もいたとか。その気合いで分かったのですが……これまでも『金峰堂』から嫌がらせを受けたことはありますか」

「いいえ……むしろ、うちの主人の方が繰り返しやっていたほどです」

正直に八十右衛門の不行跡を話した伊兵衛は、申し訳ないとばかりに頭を下げた。

八十右衛門と義右衛門は犬猿の仲で、以前から顔を合わせれば口論をしていた。

が、近頃は、義右衛門の方が、

――相手にしても仕方がない。

と思ったのであろう。肝煎りの『春木屋』の主人、菊左衛門《きくざえもん》と密な関係になった方が得だと考えたのか、表だっては八十右衛門には反発をしないようになった。しかし、長年の啀《いが》み合いは一朝一夕に解決することはなく、陰ではお互いを罵り合っていた。

殊《こと》に、義右衛門は『養老堂』が公儀御用達である限り、薬事についての悪習から脱却できないと、問屋仲間に訴え続けていた。感情的なものから、公平公正な施策をしようというのだが、問屋仲間たちは、

――『金峰堂』もなかなかの策士だ。

と思っており、必ずしも耳を傾けるわけでもなかった。だからこそ、町奉行としても智右衛門の〝公《おおやけ》〟を前面に出した方法で、誰にでも廉価に渡る薬のあり方を考えていたのである。

智右衛門が公金で薬を買い取って、店に置くという具体的な話をしていたとき、八十右衛門のふりをした平吉が入ってきた。顔面の半分に痛々しく包帯が巻かれている。

「また私に隠れて、こそこそと……」

不快な顔を露わにした平吉だが、伊兵衛は申し訳ありませんと、平伏して謝るだけであった。すると、いつもなら足蹴にして感情を露わにするところを、ぐっと我慢をしたように、

「先日は失礼致しました。こんな目に遭いましたからな……自分で言うのもなんですが、少しは懲《こ》りました」

助けてくれたのは、智右衛門の用心棒だと伊兵衛が話すと、平吉は改めて感謝を込めて深々と頭を下げ、

「このとおりです……実は、伊兵衛からも散々、説教されたのですが、この際、心を入れ替えて、よりよい薬種問屋を目指したいと思います」

と素直に言った。智右衛門は相手をじっと見つめていたが、妙な感覚に囚われた。たしかに、先日、会った人と同一人物である。物言いやちょっとした癖などを、智右衛門は見定めていたが、急に態度が変わったことに違和感を覚えたのだ。

「そういえば……いつぞや、湯屋で一緒になったことがありましたな」

「湯屋……？」

「根津の『桜湯』で……おたくの寮の近くのね」

「……そうでしたかな」

平吉は曖昧《あいまい》に返事をしただけで、自らは何も語らなかった。八十右衛門は時々、寮に出向いて休んでいるが、内湯があるから湯屋は使わない。そもそも、人嫌いだから裸の付き合いは好きではないのだ。

「湯が沸いてなかったとかでね……そのとき、小さい頃に熱湯を浴びて火傷をしたといって、今でも背中に痕があると見せてくれました。躙《にじ》り口の中ですから、暗くてあまり分かりませんでしたがな」

「ああ……そんなことも、あったような……毎日、大勢の人と会うし、めったに行かない湯屋のことだから、忘れてしまいました」

言葉を選ぶように平吉は言った。八十右衛門の体に火傷の痕があるのは事実だからである。智右衛門は微笑み返して、

「めったにないことだから、覚えていると思うのですが、そのときも実に横柄な態度で、他の客に迷惑をかけていたから、なんだか別人のようで……これは失礼しました」

平吉は申し訳なさそうに頷いて、

「これからは本当に生まれ変わったように頑張ります。なんとしても、親父が作り

上げた『養老堂』を立て直すために……」

「いいえ。それでは困ります」

智右衛門は鋭い声で、不思議そうな顔になる平吉に言い含めるように、

「あなたの店は立て直すどころか、潰すつもりで、頑張って貰いたい」

「つ、潰す……」

「ええ。江戸町人らにとってみれば、『養老堂』が持ち直そうが繁盛しようが知ったことではありません……これは別に、『養老堂』だけの話ではありませんが、本気なら、店を潰しても構わない覚悟で、私に付き合って下さい。いいですね」

決然と言う智右衛門に、平吉はしっかりと頷いて、

「私も、養老伝説のような孝行息子になりとうございます」

と言った。

六

さらに数日後、薬種問屋が色々な腹案を持ち寄って、寄合を開いた。いくら人々のためといっても、慈善ばかりで儲けがなければ、商売は成り立たない。その塩梅《あんばい》

が難しいと、それぞれ頭を抱えていた。

そんな中で、『金峰堂』の義右衛門が口火を切った。

「前々から考えていたことですがね、私たちの問屋株の値打ちを上げれば、よいのではないでしょうか」

「問屋株？」

「はい。商人は問屋株を持つことで、いわば商い上の寡占という恩恵を得ています。それを色々な人たちに持って貰うことで、お金が集まるのではないでしょうか」

問屋株と現代の株式は別物である。営業許可証と投資の証明とは違うが、札差《ふださし》をはじめとして、問屋の株が売買の対象になったのは事実である。だが、投機のためではなく、あくまでも商売を営むためのものだった。

しかし、米相場や先物取引はあったから、義右衛門は薬種問屋株を、そのように扱うことによって、幕府に〝公金〟を出させ易いようにしたかったのである。

「だが、それでは、万が一、株価が下がったら、幕府は手を引くかもしれませんな」

と智右衛門が言った。それでも、義右衛門は首を振って、

「まったく逆ですよ。薬種問屋は……というか、薬種に関しては、今後は公儀が直

に営むべきだと思うのです。私たちはその出店であるという考えでは如何《いかが》ですかな」

「なるほど……」

肝煎りである『春木屋』の菊左衛門が答えた。

「そうなれば、薬の価格は一定ではなく、余裕のある者には高く、困っている者たちには安く提供することができますな。つまり、公金で補助するということです」

「おっしゃるとおりです。そうなれば、私たち薬種問屋はみな公儀御用達という看板を得て、偽薬や怪しい薬売りを排除することもできようというもの。町奉行の差配下で行えば、庶民の信頼も得られましょう。万が一、薬害があったときも、お上が関わっていれば、薬種問屋と客の間での、不毛な戦いはせずに済むかもしれません」

義右衛門は自説を披露してから、得意げな顔になって、

「実は、北のお奉行と南のお奉行に、それぞれ会って、私の考えは伝えてあります。概《おおむ》ね承諾してくれましたが、ただひとつ、やはり金をどうするかということです。公金を出すとはいっても、江戸市中の薬種問屋が扱っていた薬をすべて、お上持ちというわけにはいきますまい……それを、どうすればよいか、智右衛門さんに訊き

たいですな」

と目を向けると、智右衛門は微笑を浮かべて頷いた。

「何をするにも、人、モノ、金……これらがなければ、物事は動きませんな」

「ええ、ですから、どうすれば？」

「まず、富裕町人や米相場や先物取引を生業としている商人から、金を集めて、問屋株だけではなく、為替や藩札、金銀などの相場に投資をする組合を作ります」

「薬種組合のような……？」

「いや同業者の意味合いではなく、いわば巨大な金の瓶《かめ》を作って、投機的な売買を繰り返して収益を狙うというやり方です」

「それでは、損をすることもあるのではありませんか？」

「ですから、その運用は、すべて私に任せていただく」

「朝倉……智右衛門さんに？」

訝しげな目になった義右衛門は、釈然としない顔つきで、いかにも智右衛門だけが利益を独占するのは許せぬというような欲の突っ張った態度になった。

「それは、おかしいでしょう。とどのつまり、あなたは、人様から集めた金を運用して、それで利鞘《りざや》を稼ごうって腹ですか？」

「儲けることもあるでしょうが、損をすることもあります。薬種問屋が自ら運用すれば、損金は自分たちで賄わねばなりませんよ」

「…………」

「しかし、相場で儲けるために金を出す人たちは、自分が損をすることも覚悟している。だからこそ、信頼できる私に任せてくれるのです。今般《こんぱん》の薬種問屋の新たな展開については、大損をする予兆はない。なぜならば、作物のように天災飢饉の影響は受けにくいからです。しかも、公益に敵《かな》う事業だと考える富裕町人は、自らが人々の役に立っていると思えることに喜びを感じるものです」

「そんなものですかね……」

「ええ。みな立派な方々ですよ。あなたのように、儲けのことばかり考えてるのとは違うのです」

智右衛門が少し険のある言い方をすると、義右衛門は露骨に腹立たしげに、

「――どうも私のことが嫌いのようですな」

「そんなことはありません……万民は悉《ことごと》く天地の子なれば、我も人も人間のかたちあるほどの者はみな兄弟。士農工商は天下の治まる助けとなる。そうでしょ？」

「…………」

「和を以て貴しとなし、それ事は独り断《さだ》むべからず、必ず衆とともによろしく論《あげつら》うべし……と、聖徳太子もおっしゃってる。みんなで話し合うことで、よりよい考えが生まれるのであって、誰かひとりの押しつけであってはなりますまい」

自由と平等の思想は江戸時代にもあったのである。それゆえ、特に病に罹った者たちには分け隔てなく、きちんと薬が行き渡るように智右衛門は考えていたのだ。

「たしかに、あなたの考えは立派ですがね……そういう大義名分が、私にはどうも信じられない。何処か胡散臭《うさんくさ》いものがある」

と義右衛門は批判めかして言った。智右衛門は気にする様子はなく、

「それは、あなた自身がそういう人間だからでしょうな」

「なんですと……」

「何か事を為《な》そうとするとき、何か表向きの理由が欲しいのでしょう」

「…………」

「私は薬種問屋のこれからと、現実に喘いでいる人々の暮らし、そして、お上の意向を勘案すれば、いわゆる〝薬種株〟なるものを作って投資してくれる金持ちに委ねるのが、貧しい者の負担が少なくなってよいと考えたまでです。これがすべて正しいとは言いません。もし、大損をすれば、私に批判の目が向きましょうからね」

そう反論したとき、平吉が膝を進めて、意見を言ってよろしいかと申し出た。包帯は取れているが、額の刀傷が生々しい。

今の時点では、公儀御用達の看板を掲げているのは『養老堂』だけである。それゆえ、すべてが公儀御用を受けることになれば、旨味に欠ける。だが、平吉はそのことに不満があったのではなく、先日、智右衛門に言われたとおり、『養老堂』を潰すつもりで、ある案を話した。

「薬種問屋はそのほとんど……九分どおりは医術に使われております。小石川養生所はもとより、御殿医、藩医、町医者などが施薬するための薬で占められています。実際、薬種問屋に風邪薬を直に買いに来る人は少ないですからね」

平吉が話し始めると、義右衛門や菊左衛門をはじめ、他の者たちは奇異の目で見ていた。いつもの〝八十右衛門〟とあまりにも違うからである。その雰囲気を察してか、智右衛門が口を挟んだ。

「この前、八十右衛門さんから、生まれ変わったように頑張ると話を聞きました。自分の店だけのことを考えるのではなく、何より人々のために薬種問屋がみんなで何ができるか熟慮して、新たな仕組みを築き上げていこうとね」

「それは、それは、良い心がけだが……俄には信じられませんな」

「この額の傷は生まれ変わった証《あかし》です。拾った命ですから、後は人様のお役に立ちたい。そう思ったまでです」

と義右衛門を睨みつけて、平吉は言った。思わず目を逸らした義右衛門だったが、智右衛門が付け足した。

「人を傷つけたり、ましてや殺そうとする輩は薬種問屋には向いておりますまい」

「なんですと……？」

「『金峰堂』さん……身に覚えがあるならば、自ら引き下がった方がよいと思いますよ。いずれ、薩摩浪人たちが世間にバラすかもしれない。そうなった後では、示しがつかないのではありませぬか？」

智右衛門の言葉が何を意味するかは、他の薬種問屋たちは分からなかった。だが、義右衛門も空惚《そらとぼ》けて、

「何の話か知らないが、『養老堂』さんは自らが作った薬のせいで、色々と揉め事があり、命を狙われたこともあるとか……日頃から、あんな人を侮蔑《ぶべつ》したような態度では、それこそ商人としての品性が疑われる。心を入れ替えたと言っても、俄には信じられませんな。ねえ、みなさん」

と言うと、他の人たちも溜息混じりに頷いた。

すると平吉は必死に土下座をしてから、

「本当にこれまでのことは謝ります。『養老堂』はなくなっても構いません。ただ、智右衛門さんの言うとおり、新薬も含めて、色々な薬を作って提供し、誰もが当たり前のように薬を使える世の中にしたい。心から、そう思っているのです」

と懸命に訴えた。が、義右衛門は鼻で笑っている。他の者たちも戸惑った感じはぬぐえないまま、平吉の言い分を聞いていた。

「薬種問屋は、組合に入っていない小さな下請け問屋も含めて、江戸に三百程ありますが、上位の大店十軒で、すべての売り上げの三分の二を占めております。つまり、ほとんどの薬種問屋が残り三分の一の〝客〟を奪い合っていることになります」

「だから……?」

義右衛門が冷たく訊き返した。

「ふつうの商品ならば、競争をすれば値段を安くして、売り込もうとします。しかし、薬は逆で、高ければ高いほど、よく効くという変な思いこみや風潮があって、医者もそれを望みます。だから、医者の見料も高くなるし、売る薬屋も儲けたいばかりに、必要以上に高値にする。そのあり方が、これまで貧しい人々に、薬が届かない原因でした」

「ここにいる薬種問屋組合の幹部たちが悪いとでも言うのですかな」

「そうは申しておりません。薬という特殊なものですから、お上の知らないところで、妙なものを作られては困ります。その監視役として、私たち組合の肝煎りや月行司などは、しっかりと小さな問屋にも目を配っていました」

「…………」

「ですが、それは薬の監視という名目の商売の寡占に過ぎなかったのです。だから、そこを変えて、智右衛門さんの言うように、製薬や販売に関わるお金を出してくれる人から、援助を受けることで、貧しい人たちにも薬が渡る仕組み……つまり、頼母子講のように、みんなで金を出し合って、助け合うことができるのではないかと……」

「分かりました、分かりました」

義右衛門は面倒くさそうに手を振って、

「つまりは、これまでの『養老堂』さんがやってきた不祥事を、私たちみんなで尻拭いしろと、そう言いたいのですな」

「不祥事だなんて……」

「ねえ、八十右衛門さん……今更、殊勝なことを言われても、みなさん白けてますよ。簡単な話が、『養老堂』さんさえ、公儀御用達の看板を下ろし、この商売から足を洗えば、後は私たちが適宜、営んでいきます」

「本当にそれができるならば、私に異存はありません。しかし、義右衛門さん……あなたは多額の賄賂を御薬園奉行に渡してまで、御用達の看板が欲しいのですか」

「なにを、いきなり……！」

気色ばむ義右衛門に、八十右衛門は怨《うら》みでもあるかのように睨みつけた。だが、義右衛門も負けてはおらず、

「あんたに、そんなことを言われる筋合いはありませんな。これまで、ずっと『養老堂』さんがやってきたことではありませんか」

「…………」

「ほれ、答えられないでしょうが。今更、綺麗事を言うんじゃありませんよ！」

怒声を上げて立ち上がった義右衛門は、智右衛門を見下ろして、

「何を茶番めいたことをやってるんですか。薬種問屋が薬を売って儲けるのは道理。これまでのやり方が悪いとは思いませんな。そうでしょ、みなさん」

激昂したような言い草に、一同は驚いて見上げていた。

「私は、薬が高いのは、人の命を助けるものだから当たり前だと思いますよ。世の中、金だと言っていたのは、それこそ智右衛門さん、あなたじゃありませんか。貧しい者が薬を得られず、富める者がより腕の良い医者にかかり、効き目のある薬を得て何が悪いのです」

「…………」

「智右衛門さん。あんただって、人の褌《ふんどし》で相撲を取って、散々、儲けているではありませんか。私はね、富める者がみな悪いというのは、そうでない者たちの、ただのやっかみ、嫉妬《しっと》だと思ってますよ。ろくに働きもしないで、蓄財もしないで、困ったときだけ、人に頼んでまで助かろうというさもしい魂胆が私にはちゃんちゃらおかしい。違いますか！」

仁王立ちの義右衛門を見上げたまま、智右衛門はニコリと笑って、

「それが、あなたの考え方なら、それでいいじゃないですか。ただ、他の人たちは、病人に寄り添うのが〝薬売り〟の務めだと思っていると思います」

「…………」

「そして、八十右衛門さんは心を入れ替えて、人様の役に立ちたい。そう思っているのですよ。人は変わることができる。その時にこそ、新しいものも生まれると思

いますがね」

「ふん。何を綺麗事を……」

義右衛門が腹立たしげに出て行くのを、薬種問屋の主人たちは冷静に見送っていた。

そして、二度と寄合には姿を現すことはなかった。このとき、表に出たときに、町方同心が待っていて、薩摩浪人を金で雇って、八十右衛門を狙った咎《とが》で捕縛されたのだった。

## 七

町奉行、町年寄、町名主、問屋株仲間などが一体となって、薬種を〝公〟が扱う仕組みを作ってから、いわゆる「官と民」がよい関係で繋がることができた。智右衛門の狙い通り、篤志家と資産家が特殊で大切な薬を、困った人に届けるという流れを通して、自分たちも利益を得る方法に共感してくれたからだ。

たとえば、薬種問屋の株は上がった。上がれば、商売の拡販や薬の質の向上のために、借金もし易くなる。公儀から見れば、問屋株というのは、間接的に商人を監督、統治しているとともに、経済政策を実行するためには便利なものである。仲間《なかま》定法《じょうほう》によって、公儀に政策の協力を約束し、同業者同士の利潤や権益の確保や、客との紛争の処理などもできることになっている。

仲間定法とは公儀が定めた遵守法ではないが、町年寄が支配することによって、法的な強制力も備えていた。だからこそ、

――貧しい者にこそ、手厚く薬が渡るようにする。

という考えを実践しようというのである。

本来、武士の「士」とは、徳行ある君子である。論語にも、

「曽子《そうし》曰く、士はもって弘毅ならざるべからず、任重くして道遠し、仁もって己が任となす、また重からずや、死して後已《や》む、また遠からずや」

とある。仁政を行うのは、幕府としては当然で、それを薬種問屋が支えているのだから、まさに商売が世の中の役に立っているわけだ。智右衛門の考えは、これまで儲け一辺倒だった薬種問屋仲間たちの考えを変えた。

そんな中で、八十右衛門の〝影武者〟である平吉は三日に一度は、智右衛門の所に商売や財務について学びに来ていた。

智右衛門がよく教えていたのは、二宮尊徳《にのみやそんとく》から伝えられた〝陰徳《いんとく》の考え〟である。

そして、越前の内田惣右衛門《うちだそうえもん》という廻船問屋をしている豪商が今、実際に行っていることを話して聞かせたりした。

天保の飢饉は人を地獄の底に突き落とすものであり、人としての心をずたずたに傷つけるものでもあった。衣食足りて礼節を知るではないが、飢餓は人間としての本性すら変えてしまう。そこで、内田は施米《せまい》をしたのである。

当時は、米の値が倍に高騰していったので、ひとり当たり十匁《もんめ》ずつ百数十人に施したが、それでも貧窮する者が増えたので、さらに五匁ずつ増やし、大麦や粥《かゆ》なども加えて、総額にして二貫近い銀を使うこととなった。他にも近隣の難儀人や無宿人らにも施した。これらについては、内田本人がやったことではなく、表向きは『御上の御仁政』とした。

自分の手柄としないのは、内田家の根本の考え方で、飢餓の時だけではなく、火事や災難に遭った人たちはもとより、病で長い間、患っている人々や子沢山で食うのも大変な者たち、亭主を亡くした女や働くことが難しくなった老人などにも施していた。

しかも、わざわざ、どれだけ困った人がいるのか調査をしてまで、施していたのである。自分の功名心からではない。見て見ぬふりをしていられないのであった。

「これはな、八十右衛門さん……仏教で言うところの〝福田《ふくでん》思想〟ですな……なに、二宮尊徳先生の受け売りだ」

智右衛門はにこりと笑って話した。

「仏教では、善というのはふたつあるそうな。ひとつは、果報は寝て待ての〝果報〟を期待する〝報善《ほうぜん》〟……もうひとつは、何も期待しない、ひたすら善を尽くす善」

「はい……」

「ひたすらの善にも、〝行善《ぎょうぜん》〟と〝習善《しゅうぜん》〟があるそうな」

「行善と習善……」

「はい。前者は、日頃から努めて行うもので、後者は突然の事態のときに、やむにやまれずやる善なんです……これ、どちらが凄いことだと思いますか」

「それは……行善の方ではないでしょうか」

「私も初めはそう思ったがね、習善の方が格上らしい。日頃、親切にしていても、いざというときに身を捨てて施す方が凄いということだろう。だが、内田という人は、この両方をやっていた。この人は、自らも仏法聴聞堂《ぶっぽうちょうもんどう》を建てるほどの人だからね」

「へえ……本当に凄いですねえ……なかなかできないことです」

「人はお互い敬い、愛し合って、お互い助け合って、ひとり貪《むさぼ》ってはならない」

「はい……」

「この人は、若い頃、施すにしても、頰被《ほおかぶり》をして誰か分からないように、金品を届けていたという。丁度、その家の者が出てきて泥棒と間違ってとっ捕まえたとき、顔を見て内田家の旦那だと知ると、土下座をして泣いたという。また、施しを受けた金を畏れ多いと返しに来た人には、自分は知らないことで誰かがくれたのだから納めておきなさいと宥《なだ》めたというから、驚くじゃないか……私も大概、善行はしてると思うが、到底、真似はできませんな」

智右衛門はかんらかんらと役者のように笑ったが、平吉はただただ感銘を受けて頷いていた。

「義欲に勝てば即ち昌《さか》え、欲義に勝てば、即ち滅ぶ……というが、薬種問屋は特に、義欲に勝つことで、世間様のお役に立って尚《なお》、自分も栄えるのではありませんか」

「よく分かりました」

「『金峰堂』の義右衛門さんの名前の義は、欲義だけのようだったが、あなたはよくぞ考えを変えなさった。これからは、心も変えるがよろしかろう」

「――ありがとうございます……ありがとうございます」

「額の傷が教えてくれたのですかな？」

実に面白そうに笑う智右衛門を、平吉は涙ながらに見つめ返して、何度も頭を下げ、これからは商人である前に、人として生きると誓った。

「でもね、八十右衛門さん……いつかは、本当のことを語った方がいいと思いますよ」

「え……？」

「人はどんなに、そっくりな人でも、耳の形だけは違うのです」

「！……」

「善行を施しても、八十右衛門さんのお陰だと世間に思わせるのは結構なことですが、本人にもその自覚がなければ、『養老堂』は本当の意味で栄えないでしょう」

「…………」

「それとも、当初の思いのとおり、『養老堂』は潰れてもよろしいのかな。まあ、じっくり考えなさるがいい」

穏やかな智右衛門の微笑みは月光のように優しかったが、平吉にはチクリと痛かった。

その夜のことである。

陰徳を重ねるとはいっても、先立つものがなければ難しいことであろう。平吉は伊兵衛と相談をしながら、何度も算盤《そろばん》を弾いていたが、今のところは内田家のように色々な人々に施す余裕はなかった。

これまで、八十右衛門は一文たりとも、人に恵むということはなかった。薬自体が人を助けているのだから、敢えて施す必要はない。それどころか、銭金を人様にやたら渡す奴は、

——何か心に疚《やま》しいところがあって、その贖罪《しょくざい》をしているだけだ。

というのが八十右衛門の考えだった。当人が疚しいところがあるから、そう思っていたのであろう。

「平吉……いや、旦那様……智右衛門さんには色々と助けられますな。商人としての正しい考えも教えてくれるし、これで『養老堂』も安泰でしょう」

「いや、伊兵衛さん……」

陰鬱な顔になって平吉は、伊兵衛を見つめて、

「智右衛門さんは……私のことを気づいているようです」

「何をです」

「私が〝影武者〟であるということをです」

「ええ……？」

「なんとなく、ゾクッとしました。あの人はまさに仏じゃないか。何もかも見抜いているのではないか、とね」

「別によいではないですか。私もこれからは、平吉……おまえのことを本当の主人と思って仕えていくつもりだからね……それに、仮に〝影武者〟だと分かったところで、その〝影武者〟が善行を施していれば、『養老堂』としては世間を欺いていることにはならない。むしろ、一層、頑張ろうと、私たちも思うのではないかな」

「いや……そういう意味ではなくて……もう八十右衛門本人がこの世にいないことを、知っているのでは……と」

「！……」

「それでも敢えて、私に色々なことを教え諭してくれているような気がするのです。いえ、きっと、そうです」

ふたりは沈黙の中に佇《たたず》むように、何刻《なんどき》も動かなかった。ただ、障子戸だけが夜風にカタカタと震え、行灯《あんどん》と蠟燭《ろうそく》の明かりが、小さく揺れていた。

あの日のことを、平吉と伊兵衛は思い出していたのだ。

八十右衛門が頭を打って死んだのは、自業自得であった。そのことは店の者はみな承知していたからこそ、外には内緒にして、内輪で片付けることができた。八十右衛門がいなくなってホッとしたのは、平吉だけではなく、伊兵衛をはじめ店の者みんなであった。

密かに知り合いの住職に頼み、八十右衛門を葬って貰った。八十右衛門当人とは知らずに、伊兵衛の親族ということで密葬扱いにしたのだった。

世間にはこれまでも、平吉が八十右衛門として顔を出していた。だから、本物の主人がいなくなったことは、薬種問屋組合の者たちですら気づかなかった。

「気にすることはないよ、平吉……いわば、こういうときのために、〝影武者〟があったんじゃないか。『養老堂』は変わらなければならない。そのためには、おまえに頑張って貰いたいんだ……もし、逆におまえが死ぬようなことがあって、主人が残っていたら、今頃、この店はどうなっていたか。考えただけで、ぞっとするよ」

「…………」

「智右衛門さんが気づいていたとして、何も言わないのは、私たちを信じてくれているからに他ならない。だから、これからも安心して、八十右衛門を演じておくれ……いや、おまえ自身が本物の八十右衛門になって、『養老堂』を守り立てて貰いたい」

伊兵衛は擦り寄ると、平吉の手をぎゅっと握りしめた。

「たまさか、主人が町で見かけたおまえを、自分の〝影武者〟にできるだろうと思っただけで、無理矢理、うちの手代にした……本当なら、おまえも二親や兄弟と水入らずで暮らすことができたかもしれないのにな」

「…………」

「おう、そうだ。商売がうまくいって落ち着いたら、迎えに行けばいい。そして、親孝行をしてやったらいいではないか。これまで苦労をかけた分、一生懸命にな。人様への陰徳だけが善行ではないだろう?」

温もりのある伊兵衛の言葉に平吉は、少しほっとして微笑み返した。

そのとき——ドンドンと表戸を叩く音がした。

「おや、こんな刻限に誰かねえ……」

伊兵衛が立ち上がろうとすると、平吉が私が出ますよと店の方へ行った。

「夜分に済みません。娘が熱を出しているもので、医者に行くのもなんなんで、ちよいと熱冷ましでもと……お願いできませんか」

と表から男の声がした。

「ああ、いいですよ。大変ですね」

智右衛門に教えられた〝善〟の話が頭をよぎった。薬を扱う者は、常に善行を心しておかねばならないと、平吉は改めて感じ入っていた。

後ろからは、伊兵衛も出て来ていた。

平吉が戸越しに答えてから潜り戸を開けると、外には男が立っていて、月明かりに横顔がわずかに照らされていた。

「さあ、お入りなさい」

と平吉が招き入れようとした。そのとき、

——グサッ！

その男が平吉の腹に匕首《あいくち》を突き刺した。

一瞬にして尻餅をついた平吉は、喘ぐだけで言葉も悲鳴も出なかった。土間に広がる真っ赤な血を、差し込んでくる月明かりが照らしている。

いつぞやの男だ——と平吉は、薄れる意識の中で思った。

「今更、善人ぶるんじゃねえや！　おまえのせいで、俺の子供は死んで、病がちだった女房もこの前、死んじまった！　思い知れ！」

さらに匕首を叩き込むと、奇妙な声を発して、脱兎《だつと》の如く立ち去った。

目の前の悪夢のような出来事に、伊兵衛は呆然となっていたが、恐怖よりも怒りが湧いてきて、土間に崩れる平吉に駆け寄った。

「しっかりしろ、平吉！　おい、しっかりしろ、平吉！」

大声をかけたが、すでに平吉の意識は遠くなっていた。

微かに唇が動いている。

伊兵衛は耳を近づけると、平吉は最期の力を振り絞って、微かな声で言った。

「――これでいいんだ……八十右衛門さんが……死んだのは、俺のせいだし……人様に迷惑をかけたのが……『養老堂』だったんだから……主人の……俺の、せいだ……」

後は頼んだとでも言いたげな目になって、平吉は伊兵衛の腕の中でがくりとなった。

ふたりの姿を月光が包み、何処かで犬の遠吠えと、木戸番か自身番の番人が吹く呼び子の音が宵闇《よいやみ》の中で鳴り響いていた。

# 第三話　恋知らず

一

飛脚問屋『岩戸屋《いわとや》』と白抜きされた藍染めの暖簾《のれん》が風に揺れると、小銀杏《こいちょう》に黒羽織、雪駄《せった》履きという町方同心姿の男が入ってきた。これ見よがしで十手を突きつけながら、

「困ったものだな、『岩戸屋』……」

と帳場にいる店の主人に声をかけた。いかにも横柄《おうへい》で、鼻が上を向いている四十がらみの町方同心である。

「これは、南町定町廻《じょうまちまわ》りの川本浩次郎《かわもとこうじろう》様。ご足労願いまして、申し訳ありません」

迎えに出て平伏する岩戸屋宅兵衛《たくべえ》は、もう還暦を迎えているが、まだ隠居をせず

に店を切り盛りしているのは、跡継ぎがだらしないからである。跡継ぎといっても、自分の血を分けた息子ではない。娘婿である。

この娘婿の敬造《けいぞう》が、ろくに商売もしない遊び人で、宅兵衛は毎日のように叱り飛ばしており、腹立たしげに、

「おまえなんぞ婿に貰うのではなかった。おゆいが可哀想でたまらん」

と繰り返していた。が、おゆいといえば、役者のような〝水も滴るいい男〟の敬造にぞっこん惚れており、祝言《しゅうげん》を挙げてから二年が過ぎるというのに、いまだにポッと頬を赤らめている体《てい》たらくである。

それを知ってか知らずか、敬造の方は近頃、どことなく女房に冷たい。女癖の悪さは、酒や博打と同じで一生やめられないというが、婿の分際で遊んでばかりである。商売のことはろくに覚えないくせに、金遣いだけは気前がいいから、宅兵衛は常に胃がキリキリと痛んでいた。

そんな中で、番頭の大五郎《だいごろう》が店の金を盗むという不祥事を起こしてしまった。しかも、人から預かっている金に手を出したのである。

飛脚問屋というのは、物や手紙だけではなく、千両箱や為替《かわせ》を運ぶ大事な仕事もあった。いわば、〝金銭輸送〟を担っているのだから、規律が厳しかった。

ましてや幕府御用金などを盗んだり、金座から預かった封印小判の包みを破ったりすれば、十両に足らなくても、その行為だけで死罪になった。大五郎が手を付けたのは、町奉行所に届ける町年寄から預かった封印小判三百両のうちのひとつで、一枚だけ盗んで、後は丁寧に包み戻していたのだ。

だが、たった一枚でも欠ければ、扱い慣れた者にはすぐ分かるものである。浅はかなことをしたと、泣きわめく大五郎を、宅兵衛は決して許すことはなかった。

これが、店の金ならば、自分の采配だけで事を収められるが、御用金となれば、封印のし直しはすぐにバレる。後でお咎《とが》めがあるのは大五郎ではなく、『岩戸屋』である。闕所《けっしょ》にされてはたまらぬと、宅兵衛は心を鬼にして、奉行所に届けたのである。

「おまえがやらかしたことに……間違いないのか、大五郎」

川本が訊くと、大五郎は殊勝に答えた。

「へえ。おっしゃるとおりです」

「番頭という重い職にありながら、何故《なにゆえ》、かような不埒《ふらち》なことをしでかしたのだ」

「つい、魔が差しまして」

「何に使おうとしたのだ。一両といえば、四人の親兄弟が一月《ひとつき》は暮らせる大金だ。

とはいえ、これだけの店の番頭ならば、年に四、五十両の報酬はあるであろう。不自由しているとは思えぬが」

「博打を少々……」

「賭け金が足りなくなったとでもいうのか」

「悪い奴に関わったのが間違いでした」

「やくざ者にでも借りたか」

「そういうことです」

悪い事をしたくせに、いかにも番頭らしく堂々と返答するのを、川本は妙に感じるとともに、何とも腹立たしく思った。

その場には、宅兵衛以外にも、娘のおゆいや両替商『水戸屋《みとや》』の隠居・金兵衛《きんべえ》もいて、心配そうに見ていた。他に手代らも数人、土間の片隅に並んで、兢々《きょうきょう》とした顔で成り行きを見守っていた。

「申し訳ありません……いかようなバツでも受けますので……」

大五郎は平伏したまま、川本に訴えるような声で言った。

「殊勝な態度だが、御用金の封印を切れば死罪。承知しておろうな」

「しょ、承知しております……」

さすがに我が身が可愛くなったのか、恐ろしさに全身を震わせた。

そのとき、表通りから、敬造がぶらりと入ってきた。少し着崩れた羽織の袖を振りながら、長めの楊枝《ようじ》をくわえている。シーシーと下品な音を立てて、ゲップまでしながら、

「まあまあ、そう目くじらを立てなくてもいいだろうに……ゲップ」

と声をかけた。そろそろ三十路《みそじ》だというのに、若作りをしているのか血色はよいが、きちんと立たないで常に足踏みしているような態度は、どことなくならず者風にも見えた。

「おまえは黙ってなさい。関わりありません」

きつく宅兵衛が言うと、おぼつかない足で近づきながら、

「関わりありますよ。ええ、その封印から小判を一枚、拝借したのは私ですから」

と敬造は答えた。

「な、なんですと？」

「お義父《とう》さん……そんな目を剝《む》くほど驚くことはないでしょう。毎度のことじゃないですか」

そう言いながら、大五郎の横に座って肩を抱いて、

「すまんな。おまえのせいになるところだった。この通りだ」

と頭を下げて、

「それにしても、おまえもやってないなら、やってないと言い返したらどうだ。何でもハイハイと言うことを聞いてたら、本当にこの首を刎《は》ねられてしまうぞ。その前に、この店をクビになってしまうか、アハハ……ということで、八丁堀の旦那。こういうことなんで、ご足労でした。私が御用金を盗《と》ったと義父《ちち》が訴え出るなら、私も潔く裁かれます」

「――それでよいのか、『岩戸屋』」

川本が問いかけると、宅兵衛は歯噛みするように顎《あご》を動かしていたが、ぼそぼそと哀しみに堪《た》えるように、

「情けないことです。飛脚問屋は人様のお金を預かりますから、日頃からお金の扱いには厳しく躾《しつ》けてきたつもりでございます。それなのに、私の婿がこのような……」

「だから、どうする。おまえの店の金ではない。公儀の金だ。しかも、見たところ……困ってやったことではなく、遊ぶ金欲しさだったようだ」

「申し訳ありません」

宅兵衛は両手をついて頭を下げて、

「婿といえども、我が子も同然……どうか、バカな息子がやったことだと、ご勘弁願えないでしょうか。私の顔に免じて、どうか」

「してやりたいのは山々だが、御定法《ごじょうほう》は御定法ゆえな」

「川本さん。そう堅いことをおっしゃらずに、頼みますよ」

そう言いながら、傍《かたわ》らで見ていた金兵衛が近づいてきて、川本の袖に粒銀《つぶぎん》を入れた。川本はさっと袖を引きながら、

「なんだ、おまえは」

「はい。日本橋の両替商『水戸屋』の隠居で、金兵衛と申します」

「水戸屋金兵衛……あの両替商寄合肝煎《きもい》りの？」

「へえ。すっかり商売は倅《せがれ》に譲って、助六《すけろく》と格次郎《かくじろう》を連れて散策の毎日ですがな。この『岩戸屋』とは遠縁に当たりましてな、時々、遊びに来てるのです」

「さようか……」

『水戸屋』といえば江戸で屈指の両替商で、公儀御用達《こうぎごようたし》も務め、御三家、御三卿にも金を融通している大店《おおだな》である。下手に関わらない方が得だと思ったのか、俄《にわか》に川本は腰が引けてしまった。

「この宅兵衛さんとも、昔から兄弟みたいに付き合ってましてな、色々と面倒かけたり、かけられたりで……飛脚問屋も私ら両替商も、大切な人様の金子《きんす》を右から左へ移して幾らの商いですから、お金には随分と神経を使っております。へえ……」

さらに小判を二、三枚、川本の袖に入れると、チャリンと小気味よい音がした。

だが、川本はそれについては何も言わずに、

「──『岩戸屋』。今日のところは、『水戸屋』の顔を立てて、番頭のことは目をつむる。しかし、その封印はきちんと分からぬように始末をつけておけ。よいな。そして、今後はしかと店の者を躾け直すがよかろう」

と威儀を正して言うと、敬三が横合いから、

「ハハア。心得ましてございます」

からかうように言った。

川本は敬造を一瞥《いちべつ》すると、捕方《とりかた》たちに命じて立ち去った。

項垂《うなだ》れたままの大五郎に、手代たちは「よかったですね」と安堵の声をかけたが、宅兵衛はいきなり大五郎の頬を叩いた。

「私たちの商売は一度の失敗で、信頼がなくなってしまう。おまえたちを育てた主人の私も一緒に手が後ろに廻るんだ。そんなことくらい分からないおまえではない

だろう」

「すみません……申し訳ありません……」

必死に謝る大五郎に、さらに宅兵衛は手をかけようとしたが、

「お義父さん。盗ったのはこの私だと言ってるじゃありませんか。殴るのなら、私にして下さい。へえ、どうぞ、ほれ」

と敬造は頬を突き出した。すると、宅兵衛は振り上げていた腕を下ろして、

「良い気になるなよ、敬造……おまえは、『岩戸屋』にとって疫病神だ……だから、私は、おゆいとおまえの祝言には反対だったのだ。これ以上、店に迷惑をかけるなら、引導を渡すから、そう心得ておきなさい」

吐き捨てるように言って、奥へ立ち去った。

「――若旦那……申し訳ありません……」

消え入るような声で大五郎は、敬造に謝った。

「これも、若旦那がやったことじゃないのに……」

「言うな、大五郎。おまえがやったことじゃないことも、俺は承知してる。でも、まあ、おまえがいなかったら、俺もこうして悠長に遊ぶことができないしな。じっと我慢しておくれ。そのうち……」

その続きは言葉にせずに、敬造はじっと大五郎を見て頷《うなず》くだけであった。

女房のおゆいといえば黙って、敬造を見つめているだけで、何処《どこ》で女遊びをしてきたのか、酒を飲んできたのかと訊くことはなく、ただ夕餉《ゆうげ》がいるか、先に風呂に入るかと尋ねるだけであった。

二

深川七場所《ふかがわななばしよ》とも呼ばれる岡場所は、仲町《なかちよう》、新地《しんち》、石場《いしば》、櫓下《やぐらした》、裾継《すそつぎ》、佃《あひる》、土橋《どばし》を指すが、そのうち仲町が最も賑やかだった。吉原の仲の町と競い合うほどとも言われたが、それは言葉の綾《あや》であって、花街としての規模が違う。

公許の吉原に比べて、岡場所とは非公認の所という意味だから、町全体に何となく後ろめたさが漂っている。かみさんに隠れて行くという風情がよいという者もいるが、金兵衛はそれが嫌いで、

——堂々と行くなら吉原だ。

と決めていた。とはいえ、値段が違いすぎる。男なら、一生に一度くらい、吉原太夫《たゆう》を訪ねて、一晩中過ごしたいものだが、それが叶うのは、ほんの一握りの金持

ちだけ。庶民は深川に行けるのだって上等な方で、ちょんの間稼ぎの〝けころ〟や夜鷹のような女郎と遊ぶのが関の山だった。

今宵、金兵衛が吉原の仲の町通りを歩いているのは訳がある。〝うだつ屋〟の仲間の瑞穂《みずほ》を連れて、冷やかしているのである。男か女か分からない若造なので、

「――もしかして、女か……？」

と時折、擦れ違う旦那衆が振り返っている。そのたびに、瑞穂はわざと金兵衛に寄り添って、物見遊山で吉原に来てみただけだという顔をした。

「なんだね、気持ち悪い。抱きつくなら、遊女にやりなさい。私にはその気はないよ」

「俺にだってねえよ」

言葉遣いは乱暴である。

もっとも瑞穂は、ただの吉原見物でないことは、百も承知している。『岩戸屋』の立て直しと関わりがあることなのだ。実は、主人の宅兵衛から、

「バカ婿のせいで、店が危ういから、なんとか始末してくれないか」

と頼まれていたのである。『岩戸屋』の財務については、朝倉智右衛門《あさくらちえもん》に頼んでいたのだが、芳《かんば》しくないことは耳にしていた。ところが、今般は店の立て直しで

はなく、

――婿の立て直し。

を頼まれたのである。これまでの生き方がよくないのか、心得が悪いのか、とにかく店の金を使うことしか考えない。娘も惚れた弱みで何も言えず、好き勝手しているのだ。

「それを立て直してくれといってもねえ……人の性根なんざ、一朝一夕《いっちょういっせき》で直るもんじゃないでしょうに……まあ、無理でしょ」

瑞穂が言うと、金兵衛は頷いたものの、

「おまえも若いくせに、諦めが早いね。まあ、どういう了見《りようけん》で、遊び廻っているか、そこから探れと智右衛門さんも言うから、まずは下調べってところだな」

「そういう理由で、吉原でドンチャンしようって魂胆では？　金兵衛さん、若い頃は、かなりの遊び人で、吉原の太夫にも随分と入れあげてたって話ですよ」

「こっちが惚れられてたんだよ」

「遊女が本気で惚れるわけがないでしょうが」

「知った風なことを……おまえは本当の恋というのを、まだ知らぬのだ」

提灯《ちようちん》や灯籠《とうろう》の燦《きら》めくあかりの中、賑やかな通りをぶらぶらと歩いて来たのは、水道尻《すいどじり》に近い京町一丁目の一角にある『水湖楼《すいころう》』という小さめの妓楼《ぎろう》であった。

見世《みせ》の格子《こうし》を覗くこともなく、夜風にたなびく暖簾をくぐると、遣《や》り手が奇異な顔になって、ふたりを押し出すように、

「茶屋を通してでないと登楼できませんよ。ささ、お引き取り下さい」

と言った。

遊廓には、直接上がることと、別の場所に遊女を招く形式があった。後者はいわゆる「揚屋《あげや》」であるが、これは、武士が吉原から連れ出すのを避けるために作られた仕組みである。

だが、町人にとっては、それが面倒だというのもあって、「引手茶屋《ひきてぢゃや》」が生まれて、「揚屋」とは区別された。宝暦《ほうれき》十年（一七六〇）ごろ「揚屋」はなくなった。

「引手茶屋」は芸者や幇間《ほうかん》なども調達し、料理なども整えた上で、登楼を手助けする役目がある。遊女への揚代もまとめて受け取ってくれるから、客としては厄介なことはすべて任せられるのだ。

いわゆるお歯黒《はぐろ》溝《どぶ》沿いにある浄念河岸《じょうねんがし》や羅生門河岸《らしょうもんがし》の安い見世では、直に入るのがふつうであったが、『水湖楼』では茶屋からの手蔓《てづる》がなければ、入ることができなかった。この「引手茶屋」に太夫が客を迎えに行ったり、ここに出向いたりす

るのが、吉原名物の華やかな花魁道中《おいらんどうちゅう》である。

花魁とは遊女の最高位のことで、上方では「太夫」と呼ぶのが習わしだったが、江戸では宝暦年間頃から、花魁と呼ぶようになっていた。天保《てんぽう》の当世では、太夫もその下の格子という高級遊女もおらず、それより格下の散茶《さんちゃ》が花魁の代わりになったが、花魁道中に呼び出されるから、見世では太夫と呼ばれていた。町場では、花魁と言うのがふつうで、花魁といえば、華やかな身分の高い遊女であることに変わりはなかった。

「ささ……うちには、一見《いちげん》を相手にする遊女はおりません。お引き取り下さいまし」

遣り手が丁寧ではあるが、慇懃無礼《いんぎんぶれい》な態度を取ったとき、金兵衛はにこりと、

「私ですよ、水戸屋金兵衛。お忘れですかな、おきんさん」

同じ名だと親しみを込めて言うと、おきんと呼ばれた遣り手は目をしばしばさせて、

「おや、まあ……『水戸屋』の旦那様でしたか……ご覧のとおり、目がやられちまってねえ。こりゃ、失礼しました」

腰を屈めると小柄な体が、さらに小さく感じられる。この遣り手も元は遊女だっ

た。年季が明けても〝後輩〟の指導をするために居残って、生涯を廓《くるわ》で過ごす女もいるのだ。

「目が悪いなら、いい医者を知ってるから、今度診《み》て貰えばいい。心配だからな」

「あら、心配だなんて、嘘でも嬉しいじゃないか。この年になっても口説いてくれるのかい？」

「いや。仲良くするなら若いのがいいに決まってるじゃないか」

「言ってくれるわねえ……」

金兵衛の背中をバシッと遠慮なく叩いたおきんは、ちらりと瑞穂を見て、

「もしかして、筆下ろしかい？」

「できたら、いいのを見繕《みつくろ》ってやってくれないか」

「旦那の頼みなら、任しときなッ」

袖を捲《まく》ったおきんに、瑞穂はそうじゃないと手を振って、

「実は、おたくの喜代《きよ》という遊女のことで訊きたいことがあってね」

「ああ、喜代なら、うちでも一、二の人気ですわ。太夫の朝霞《あさか》と良い勝負している別嬪《べっぴん》ですよ。それで筆下ろしとは、あんたも目が高い」

「違いますって……喜代さんに会うことはできませんか」

遣り手は瑞穂ではなく、金兵衛に向かって、

「旦那様。廓のしきたりはよくご存じでしょ？　見世開きしているときに、余計な話は御法度《ごはっと》だし、身の上話なんざ御免だよ」

と少し迷惑そうに言った。だが、金兵衛は構わず、ずけずけと訊いた。

「飛脚問屋『岩戸屋』の婿が入り浸ってるだろう。しかも目当ては、喜代って話だ。『岩戸屋』の主人に頼まれたんだがな、今後二度と暖簾を潜《くぐ》らせないようにしてくれないかな。色々と大変みたいなのだ」

「そんなことを言われてもねえ……旦那、人の恋路には邪魔はできないものだよ。若い頃は、随分と遊び廻った旦那なら、そんなことは百も承知だろうに」

「けどな、『岩戸屋』の身代《しんだい》に関わってるらしいのだ。追い返すだけでいいんだ。宜しく頼みたいのだがな」

「無理な相談だねえ……」

吉原に限らないが、遊廓は唯一の〝自由恋愛〟の場といってもよかった。当時は、親が結婚相手を決めるのが習わしである。遠くから見て恋心を抱くようなことはあるものの、直に口をきいて夫婦になる約束をするのは、庶民であっても希《まれ》なことだった。

そんな世相の中で、妓楼に上がったときだけは、恋に浸ったのである。もっとも、遊女は誰とでも本気のように見せかける商売ではあるが、それでも〝その時だけは嘘ではない〟という思いが遊女にも客にもあったのである。客を金蔓《かねづる》としか見ない遊女は、その性根を見透かされて、さして人気もなかった。

しつこく言い寄っていた金兵衛に、

「野暮《やぼ》はおよしよ、旦那……私を困らせないでおくれな……」

と遣り手が押し返そうとしていたとき、

「では、私がお願いしたい」

瑞穂が自ら申し出た。

「客として、喜代太夫に会ってみたいのです」

「太夫ではありませんよ、まだ。いずれ、朝霞が身請《みう》けされたら、喜代が格上げになるかもしれませんがね。その前に、喜代の方が『岩戸屋』の敬造さんに引かれるでしょうねえ」

確信に満ちた顔になったおきんに、瑞穂は食い下がるように、

「分かりませんよ。私が口説いて、こっちへ靡《なび》かせてみせましょうか。私の金主なら、ほれ、ここにおりますしね」

と金兵衛の肩を馴れ馴れしく叩いた。ゴホンと咳払いをしたものの、少しはやる気を出してくれたかと金兵衛は察して、瑞穂の筆下ろしならば、是非にでも喜代に頼みたいと頭を下げた。そして、おきんの袖に小判を一枚、そっと忍ばせた。

「まあまあ……そこまで言われるのならば、口をきかんでもありませんがね……えへへ、まあ、なんとかしてみましょう」

俄に相好を崩して揉み手になったおきんに、物わかりのいい婆さんだと思ったのか、瑞穂はニコリと微笑み返した。

三

まだ若いとはいえ、吉原の妓楼に上がったのは二度や三度ではない。大店の若旦那に連れられて、それこそ絶世の美女と呼ばれる太夫の顔を拝んだこともある。

だが、花魁ほどの遊女に相手をして貰うためには、「引き付けの式、裏、馴染《なじ》み」という三度の杯を重ねなければならない。その度に何十両もかかるから、庶民には到底、無理な話で、大店の主人や大名や大身の旗本くらいしか、遊ぶことはできなかった。

しかし、花魁ともなれば、幼少の頃から、四書五経《ししょごきょう》の学問はもとより、和歌や俳諧などの文芸から、茶道や書道などの教養、囲碁や将棋のような遊びから、三味線や琴という芸事にも造詣が深かった。それほど毎日、厳しい修業を重ねてきたのである。

そのために、妓楼としても金を惜しまずかけてきたわけだから、身請けするにはそれなりの金がかかるのは当然であった。まさに生身で稼いでいたのである。

入り口を背にして作られている階段を登って二階に案内されると、しばらく待たされてから、絢爛豪華《けんらんごうか》な衣装や髪飾りをまとった喜代が現れた。思っていたような妙な威圧感はない。

瑞穂はにこりと微笑みかけると、気さくそうな面立ちを向けて、微笑を返してきた。特別な計らいに感謝すると瑞穂が申し述べると、喜代の方が、

「こちらこそ、おきんが失礼しやんした。今宵はお遊びではなく、あちきに折り入って、敬造さんのことで話があるというので、こうして出向いて参りやんした」

と優しい声で言った。

だが、瑞穂の方が、自分でも思いがけないほど舞い上がって、胸の中がパッと熱くなって、もやもやした痛みが広がった。

「どないしはりました？」

京訛りの言葉に、瑞穂は頬を赤らめた。廓言葉は田舎訛りを消すためだと言われている。だが、喜代のそれにはまるで、廓という異世界に染みついた雰囲気が漂っていた。

「――実は……誰にも話したことはないのですが、俺は平塚にある女郎屋の倅なんです。こんな立派な遊廓ではないけれど、他の東海道の宿場女郎よりは少し格上の遊廓でした。だから、遊女ってのは見慣れているのですが……なんと言っていいか……違う……まったく違う女の人や……」

「そうですか。そういうお育ちでしたか……」

「もっとも二親《ふたおや》は何処の誰か分かりません。捨て子同然に置き去りにされたのを、女郎屋の主人夫婦が育ててくれたのですがね。それで、俺は女っぽくなったのかもしれません」

「いいえ、男っぽいですよ。お顔が綺麗だから、そう見えるんでしょうが、女の私から見ても、ほんに羨ましい」

瑞穂は自分でも驚くぐらい胸が高鳴っており、まともに喜代の顔を見ることができなかった。喜代の方は阿弥陀如来《あみだにょらい》のような笑みを浮かべて、じっと見つめている。

まるで後光でも射しているような姿に、瑞穂は眩《まぶ》しすぎて眺めることができなかったのだ。靡かせるつもりが、こっちの方が惹《ひ》かれそうだった。

「あ、あの……」

「何なりと聞かせて下さいましな。もしかして、敬造さんは、私のことを嫌いにでもなったのどすか」

「そんなことはない……ええ、断じてない……と思います」

おろおろとした瑞穂は、自分でも制御できないほど感情が乱れて、指先どころか体全体が震えてきた。

「……ああ、だめだ……どうなってしまったのか……とにかく、俺はその……敬造って人のことはよく知らない……でも、簡単に言うと……あんたに入れ揚げているのだが、そのことで飛脚問屋の『岩戸屋』が傾きかけている……女房もいることだし、縁を切ってやってくれないか……」

「敬造さんが、そう？」

俄に喜代の表情が曇った。それが芝居なのか、本当の気持ちなのかは瑞穂には測りようがなかったが、必死に首を振って、

「違います。敬造さんから直に聞いたのではなく、主人に頼まれて、ええ……つま

り、本人の意志とは関わりないところで、あなたと引き離したいと思っている人が何人もいるということです」

冷や汗を全身にかきながら、必死に伝えた瑞穂だが、自分でも呆れるくらいに、震えていた。そして、付け加えた。

「これは、俺の考えじゃない……頼まれただけのことだし……」

「たしかに、お義父様とは不仲だと聞いてますし、奥方様ともあまり……」

「そんなことはない。かみさんのおゆいさんとはとってもいい感じですよ。それに、あなたのことを本気で身請けするかどうかも分からない。『岩戸屋』の跡取りとはいっても入り婿だし、自分が自由になる金があるわけではありませんからね」

「……ですよね」

あっさりと言って、喜代はニコリと微笑んだ。

「でも、大丈夫です。私は初めから、敬造さんに身請けされるつもりはありません」

「え、ええ……？」

「これでも、大勢いるんです。私を欲してくれる殿方は」

「わ、分かっております……」

「誤解しないで下さいね。敬造さんのことを一番好きです。惚れております。でも、花魁であろうが、何であろうが所詮《しょせん》は女郎。嘘と真《まこと》が入り混じっている商いなんですよ。心の奥で惚れていても、実ることはない。だから、せめてここに来たときだけでも、本気で惚れ合っていたんです」

「そ、そうなんですか……敬造さんは、そのことは……」

「知っていますとも。分かっていると思いますよ」

「………」

「敬造さんはああ見えて、本当は真面目な人なんです。だらしなく、ふざけているとしたら、きっと他に何か狙いがあってのことだと思います」

「他に狙いがあってのこと……？」

瑞穂は思わず身を乗り出して、酒の酌をされるのも忘れて見つめた。

「どういう意味です」

「それは私にも分かりません。でも、昔、こんなことがありました……」

喜代は遠目になって、思い出話でもするように続けた。

「寺子屋のお金が盗まれたことがあったんです。まだ十二歳くらいだった敬造さんは、泥棒のせいだと思っていたんですが、自分と仲良しの子が手を出したと知りました。すると、敬造さんは、『おいらがやった』と名乗り出て、先生に厳しく叱られたそうです」

「……つい近頃、金兵衛さんから聞いたような話だ」

「でも、庇《かば》ってもらったその子は、感謝するどころか、これ幸いと敬造さんのせいにして、他の子と一緒になって虐《いじ》めました。けれど、敬造さんは何の言い訳もせずに、今までどおり寺子屋に通って勉学に励んでました」

「俺には到底、真似ができないね……」

瑞穂が唇を歪めると、喜代は私もですと言ってから、

「それから、しばらくして、またお金が盗まれるという事件が起きました。そのとき、寺子屋の師匠は、今度も敬造さんの仕業だと決めつけて、怒りました。けれど、敬造さんはやはり認めて、言い訳をしませんでした」

「庇うのはいいけれど、そこまでする必要があるかな」

「敬造さんは、そうやって自分が悪いと繰り返すことで、友だちに本当のことを話して貰いたいと感じていたそうです。真実を明らかにするための嘘は大切だと、信じていたそうですよ。でも……」

喜代は首を振って、

「結局、本当に盗みをした子は正直に言うことはありませんでした。それどころか、『おまえが余計なことをするから、言い損ねたじゃないか。今更、名乗り出たら、もっと恥を掻《か》くことになる。おまえはそうやって、俺を追い詰めたいだけだ、そうだろう。いい格好をしたいだけだろう』……そんなふうに責めたんです」

「酷《ひど》い奴だ……」

「その盗みをした子は後に、ある商家に押し込んで、お縄になりました。何処でどうしているかは分かりませんが、敬造さんの思いは伝わらなかった……悪いことをしていながら、反省をしない、罪を償《つぐな》おうと思わない人間は、自分の罪すら人のせいにして、涼しい顔をしているんです」

「………」

「世の中には少なからず、そういう人がいるものです。身近にだっている……敬造さんはそう言ってました」

「身近に、ねえ……」

そこまで話を聞いた瑞穂は、不思議そうに喜代を見やった。初めてまっとうに正面から見たが、やはり美しいと感じた。しかし、それまでの感情とは違って、急に愛おしい感じに囚《とら》われた。

「どうして……どうして、喜代さんは、敬造さんの子供の頃の話を知っているのです」

「え、ああ……」

ほんのわずか困惑したような目になったが、すぐに穏やかな笑みに戻って、

「敬造さんがよく話しておりました。その友だちが盗人《ぬすっと》になったのは、自分のせいかもしれない。下手に庇ったりせず、きちんと悪いことは悪いと言うべきだったと悔やんでましたよ」

「へえ……敬造さんて案外、いい奴じゃねえの？　もしかして、周りの人はみんな誤解してるんじゃないかな」

「ええ、立派な人だと思いますよ」

喜代は優しいまなざしを向けると、金箔《きんぱく》の入った杯をそっと差し出した。瑞穂は少し落ち着いた態度で、

「ありがたく承りましょう」

と少しふざけて言った。喜代も微笑みかけながら、

「裏を返してくれるのを楽しみにしておりますえ」

そう言って目を細めた。愛嬌のある表情を、瑞穂は忘れられそうになかった。

ほっと一息ついたときである。

階下から、おきんの金切り声が聞こえてきた。こういう雑駁《ざっぱく》なところが、大見世でもなく小見世でもなく、半籬《はんまがき》の中見世であろう。籬とは、遊女と表通りを仕切る細い格子のことである。立派な見世は総籬で一面張りだが、『水湖楼』は下半分だけが籬という、いわば二番手くらいの妓楼であることを意味していた。

おきんの声がキンキンと廓中を響き渡った。

「ええ！　お大尽《だいじん》のお越しですよ！　富《と》ケ岡《みがおか》のお大尽がお越しになりましたえ！　ええ、喜代！　聞こえてますか！」

同じ言葉を繰り返している。喜代は少しばかり眉間に皺《しわ》を寄せて、

「構いませんわ、もう……後少し飲んでおりまひょ。瑞穂さん、あちきはあんさんに本気で惚れそうですわいなあ」

芝居がかって言ったが、瑞穂はまんざらでもなかった。

四

「何が『これが恋というものだろうか』だ……まだ十六、七の若造のくせに、おま

え、遊女ごときに騙《だま》されるのか」

小馬鹿にしたように石橋竜之助《いしばしりゅうのすけ》が言うと、金兵衛も同調して、

「まさに、ミイラ取りがミイラだな。まさか瑞穂までが、喜代の毒に中《あた》るとは思ってもみなかった」

「毒ってなんだよ。あの人は、心根《こころね》の綺麗な人だ。だからこそ、敬造さんも惚れたんじゃないのかい。俺はそう思ったよ」

瑞穂が半ば向きになって反論すると、竜之助は壁に立てかけてある刀を手にしながら、大笑いして、

「惚れた腫《は》れたってのはな、真の世でするもんだ。吉原《なか》のことは夢の中と同じだ。遊女も芝居、客も芝居。ひとときの儚《はかな》い恋の真似事をしているだけだ」

と言った。すると、上座に座って様子を眺めていた智右衛門《ちえもん》が、

「からかうなよ。若いんだから無理もなかろう。遊女との恋ほど高く付くものはない。金で済めばいいが、命と引き替えってこともある。ゆめゆめ忘れるなよ」

とこれまた助け船ではなく、瑞穂を非難しているように聞こえた。

ここは――『夕なぎ』という柳橋にある船宿の二階である。女将《おかみ》の芳乃《よしの》もまた智右衛門率いる〝うだつ屋〟の仲間で、この船宿ではよく密談が交わされていた。ま

だ日は高いが、酒を酌み交わしながら、これからの『岩戸屋』をどうするかという話し合いがされているのだ。

「その前に、聞いて欲しいことがあるんだ」

瑞穂が言うと、また竜之助が小馬鹿にしたように、

「恋の話なら御免蒙《こうむ》るぜ」

と遮った。小野派一刀流の猛者とは思えぬ諄《くど》さに、瑞穂はそうではないと真顔で撥ね返した。

「俺が訪ねてたとき、富ヶ岡のお大尽てのが訪ねて来たんだ。目当ては、喜代さん」

「富ヶ岡のお大尽……？」

訊き返したのは、智右衛門である。金兵衛も不思議そうに顔を向けた。

「なんでも、富ヶ岡八幡宮の近くに、とてつもなく広い地所を持っていて、大店や参道に並ぶ店に貸しているとか。何か商売をしているわけでもなく、大名や旗本屋敷の土地もあるし、寺社の参道の一部を貸していたりするとか……とにかく、本物のお大尽らしく、喜代さんを身請けすることになっているらしい」

「喜代を引くのは、『岩戸屋』の敬造じゃないのかね」

「勝手に敬造が思っているだけのことで、喜代もそのつもりはないようですよ」

「敬造はただ遊ばれていると？」

「さあ、喜代は心の底から、敬造のことを人として信頼はしていたようですがね、皆さんの言うとおり色恋とは別で、やはり金が一番ってことですかね」

「で、そのお大尽とやらの名は何と？」

「富ヶ岡の弥左衛門《やざえもん》といえば、知らない人がいないとか。門前仲町《もんぜんなかちょう》あたりも、この人の土地ばかりらしいですからね」

「ふむ……私は御府内は、本所《ほんじょ》深川の方にも詳しいつもりだが、その人のことは初耳だ……世の中には、計り知れぬお大尽てのがいるものだからね」

「ですな。上には上、ってな……」

金兵衛が頷くと、智右衛門もまるで自分が不覚を取ったように渋い顔になって、

「殊《こと》に、日本橋に店を構える名のある大店の主人よりも、下請け卸問屋のような小さな規模の主人の方が、金を貯め込んでいることが多いのです」

「ですな」

「しかも、表向きは決して派手なことはしない。何度も洗い張りをしたような木綿の着物を着て、裏地にはまったく金をかけず、煙草入れや財布なども安物で済ませ、

見栄を張って人に奢《おご》ったりせず、町内や組合の寄合への寄付なども最小で食い止める。とにかく、目立つことは避けて、知らぬ人が見れば平凡な人物になるよう心がける。そういう金持ちこそが、本当の金持ちなんです」

「本当の金持ちねえ……どうもいけすかんですな」

眉間に皺を寄せたまま、金兵衛は首を振って、

「私は本当のお大尽とは、遊廓で遊び廻ることではなくて、わざと凡人に見せているように、人には黙って密かに貧しい人、恵まれない子供、病人などに慈善をする人だと思うてます」

「あんたは、それをやってるのかね」

竜之助が茶々を入れると、

「言わぬが花でしょう。自慢たらしくなってしまいますからな」

と金兵衛は返した。

瑞穂はそんな話はどうでもいいから、続きを聞いてくれと身を乗り出して、

「いいですか。そのお大尽は、千両もの大金を出して、喜代さんを身請けするというのです」

「千両……それはまた豪気《ごうぎ》な……」

さしもの智右衛門も驚いた。身請け金に相場はないというが、並みの女郎でも二十両や三十両はかかる。しかし、花魁ほどの遊女であっても、三百両も出せば最高であろう。

それだけ積まれれば、妓楼としては喜んで出すに違いない。しかも、『水湖楼』には朝霞という花魁がいるから、喜代がいなくなったとしても、見世は困らないだろうし、それほどの身請けをされたということが評判で箔《はく》も付く。

しかし、弥左衛門としては目立ったことはしたくないので、表向きは相場で引き取ったことにしておいて欲しいと妓楼主に頼んだほどらしい。弥左衛門には女房も子供もいないから、これから正式に妻として、ふつうに暮らしたいと願っているようだ。

「ところが、喜代さんの話では……弥左衛門さんに引かれるのは、嫌らしいんだ」

瑞穂はそう言った。誰もが、そのような良い条件はないと思ったのだが、瑞穂だけは本音を喜代から聞いたと伝えた。

「心の奥底では、やはり敬造さんのことを好いているようなのです。女房があることは承知しているけれど、日陰の身でもいいから、一緒にいることができればと考えているとか……もちろん、敬造さんには富ヶ岡のお大尽に対抗して千両もの金を払えるわけがない。万が一、『岩戸屋』の身代を継いだとしても、それだけの大金を払うのは無理だろうね」

「――私なら、御免だね」

今しがた階下から酒を運んできたばかりの芳乃は、吐き捨てるように言った。

「そもそも人の売買なんて御免だね。敬造って人も、遊廓に遊びに行ってる程度なら、勝手にすりゃいいだろうが、身請けするだの何だのとなったら、義父が出てくるのは当たり前のことじゃないか」

「でも、俺が見たところでは……」

「あんたのような若造に何が分かるのさ。遊女の毒気に中《あた》ったんだろうよ」

何が不機嫌なのか知らないが、芳乃はふて腐れたような言い草で、

「智右衛門さん……『岩戸屋』の何を変えようってんだい。〃うだつ〃を上げるっても、これより上げようがないでしょう。ただ、バカ婿をどうにかしろってだけで、私たちが首を揃えて動くことはないと思いますけどねえ」

「まあ、そう決めつけるなよ。実は私も、瑞穂と似たような感じを抱いていてね、もしかすると、もしかするぞと思ってるんだよ」

「何がですよう。はっきり言って下さいな。そのために集まってるんでしょうに」

「うむ。つまり、『岩戸屋』の主人・宅兵衛さんが案じているのは、こういうことだ」

運ばれてきたばかりの酒をぐいっと一口飲んで、唇を湿らせてから、智右衛門はおもむろに話した。

「宅兵衛さんは、敬造が遊廓通いをやめないので心配しているのではなく、本気になるのを恐れているんだよ」

「恐れて……？」

「ふたりが本気になって、心中でもしてみなさいな。それこそ、『岩戸屋』は闕所。宅兵衛が一代で築き上げたお店《たな》の身代は、ぜんぶ取り上げられ、江戸払いにされるであろう。飛脚問屋の株を取り上げられるだけではなく、自分の義理の息子を、きちんと躾けることもできなかったということで、無一文にされるんだ」

「なるほど……だから、番頭がたった一両、盗んだだけでも、ピリピリしていた」

金兵衛が言うと、智右衛門は制止するように手を挙げて、

「ご隠居。それも、また話がちょっと違うんだ」

「え？　どういうことです」

「封を切って小判を盗んだのは、番頭ではなく、もちろん敬造でもない……確たることは言えないが、私は、宅兵衛自身がやったことだと思っております」

唐突な智右衛門の発言に、金兵衛のみならず、竜之助たちも訝《いぶか》しげに見やった。

「宅兵衛が、わざと……でも？」

芳乃が訊くと、智右衛門はそうだと頷いて、

「敬造が本気で、喜代に惚れているという話はちょいと横に置いておく……私たちが、目を凝らさなければならないのは、宅兵衛さんの方です。この方が、『岩戸屋』にとって、とてつもなく大事なことなんですよ」

「宅兵衛さんが、何か悪いことでもしているというのですかな。私には到底、そうは見えませんがな」

と金兵衛はきちんと弁護した。

「親戚になるから庇うわけではないが、あれはなかなかの商人だ。先々のことも考えているし、いずれ婿の敬造にきちんと店を継がせたいと考えている。だからこそ、つまらぬ女遊びは程々にさせておきたいのですよ」

「まあ、聞いて下さい、ご隠居。色の道にはまったく敵《かな》いませんが、銭金の方なら負けないつもりです」

「商人道に関わると言うのかね」

「もちろんです。いいですか……この三年程で、『岩戸屋』からは、三十人余りの

奉公人に暇が出されました」

「三十人――⁉」

金兵衛は素《す》っ頓狂《とんきよう》な声を発した。

「ばかばかしい。『岩戸屋』には、番頭や手代ら、わずか八人しかいないんですよ。何処から、その三十人という数が……」

「ですから、聞いて下さいと言ってます。『岩戸屋』は飛脚問屋で、奉公人ではないが、下請けで働いている飛脚人足は百人程おります。元々は三百人も抱える大所帯でした。ですが、大店も無駄な金は削りたいということで、それまで飛脚に頼んでいた文や小さな荷物は、自分の店の手代にやらせるようになりました」

「ええ、そうですな。うち、『水戸屋』も同じようなものですわい」

「ならば、『岩戸屋』も縮小せざるを得ない。しかも、毎月の給金が嵩《かさ》む奉公人よりは、普請場《ふしんば》や材木置き場のように、日限《ひぎ》りの人足を雇った方が安く上がる。代わりは幾らでもいるし、とにかく給金が安くて済む」

「でしょうな……」

「その代わり、飛脚という信用第一の商売に、色々な齟齬《そご》が出てくる。手当てを貰ったまいなくなる輩《やから》は話にならぬとしても、きちんと『岩戸屋』の半纏《はんてん》を着て、屋号入りの箱を肩にかついでいたとしても、約束の日時に遅れたり、間違ったものを届けたりすることが続けば、店の信頼はガタ落ちです」

智右衛門の口振りは、少しずつ熱気を帯びてきた。

「でも、宅兵衛さんはそこを改善しようとはせず、奉公人を減らし、仕事がいい加減な外の者だけを安く雇った。そのため、店の仕事がいい加減になったのに気づかず……いや知っているが、きちんと対処しようとせず、傾いてもう大変なところにきている」

「――そうなのですか？　まあ、智右衛門さんがそこまで言うのだから、確かなことでしょうが、私にはどうも……」

まだ金兵衛には承服できなさそうだったが、智右衛門は一同を見廻して、

「実は……此度《こたび》の立て直しを頼みに来たのは、宅兵衛さんではなく、敬造さんの方だ」

「ええ？　なんですか、それは」

芳乃も声を高くして、

「自分の無駄遣いや遊廓通いは棚にあげて、店の心配ですか……ああ、なるほど、店が潰れたら、遊ぶ金もなくなりますからねえ。はあ、そういうことですか」

と揶揄《やゆ》するように言った。だが、智右衛門は至って真面目な表情で、

「敬造さんの本音が何処にあるかはともかく、帳簿の写しを見たところ、『岩戸屋』が危機に瀕しているのは事実です。そして、その裏には、『岩戸屋』の飛脚問屋としての……いや、商いをする者としての過ちがある」

「過ち……」

金兵衛は溜息混じりに、鸚鵡《おうむ》返しに言った。智右衛門はしかと頷いて、

「その過ちを正すために、敬造さんは何とかしようと思っている。私は、その思いをどうにかしたいと考えています。もちろん、こっちも遊びではありません。儲かるからこそやる……そこに、ぬかりはありません」

一同は智右衛門を信頼しているから、裏に何かあるということは察したようだ。

「そこで、みんなには改めて、『岩戸屋』のこと、特に主人の宅兵衛さんの身辺、もちろん敬造さんの素行、また他に『岩戸屋』に関わりのある商家などを、徹底して調べて貰いたい。必ず、何か解決策が見つかるはずです」

毅然《きぜん》と命じた智右衛門に、金兵衛以下、〝うだつ屋〟の面々は、しかと頷くしかなかった。頼まれた仕事ならば、必ず成功させなければ、自分たちの沽券《こけん》に関わるからだ。

「よろしいですな」

智右衛門の目が爛々《らんらん》と輝いた。

ただ、瑞穂だけは、どこか冷めて見ていた。

五

数日後、吉原の『水湖楼』には、またぞろ富ヶ岡のお大尽こと、地主の弥左衛門が登楼して、廓を挙げての宴会を開いていた。店を借り切ることを〝惣仕舞《そうじまい》〟という。

この場に呼んでいるのは、弥左衛門の土地を借りている大店の旦那衆で、十数人をひとまとめにして遊女を付かせ、高膳《たかぜん》には料理や酒がごっそりとあり、三味線や謡いなどを演じる芸者も一緒になっての大騒ぎである。

それを眺めながら煙管《キセル》を吸う弥左衛門は、目を細めて悦に入《い》っていた。五十絡みの油ぎった顔で、無駄に肥っている腹を突き出すように仰《の》け反《ぞ》って、上座で喜代をはべらせて気持ちよさそうに飲んでいた。

この日ばかりは、花魁の朝霞も控えめにしていたが、その表情は嫉妬《しっと》が露わであった。それとは逆に、いつもは、見世格子に暗い顔で並んでいる遊女たちも、相伴《しょうばん》に与《あずか》って、楽しそうにしていた。

「さあさあ、パッとやっておくれよ。今日が限りの喜代だからね。みんなで祝っておくれ。長年の喜代の苦労をねぎらっておくれ」

と言いながら、弥左衛門が小判を塵《ちり》でも捨てるようにばらまくと、遊女たちはキャアキャアと嬌声《きょうせい》を上げて拾い集めた。

妓楼の二階は、花魁をはじめ散茶などの遊女の自分《じ》の部屋があり、簞笥《たんす》や鏡台などが置かれてある、だが、それは身分の高い女郎で、〝廻し〟と呼ばれる安女郎は、屏風だけで仕切った大広間で相手をしなければならない。

だが、今日は襖《ふすま》や屏風を取っ払って、遊女がみんなで遊んでいるのだ。幇間の姿もあって、「子捕ろ、子捕ろ」など禿《かむろ》を追いかける遊びに興じている。〝惣仕舞〟をする客などめったにいないから、遊女たちも新鮮だったのであろう。

「喜代さんは果報者だ」

「ほんに幸せですねえ。羨ましい」

「あちきもいい旦那が見つからないかしら」

「あんたじゃ、無理無理」

「だったら、あんたは絶対にあり得ない」

などと吹っかけあいをしながらも、無礼講ゆえ、遊女たちは普段は味わえない勝手気儘《きまま》な時を楽しんでいた。

だが、肝心の喜代は何となく心ここにあらずで、ぼんやりと遊女たちの姿を眺めている。

「――どうした。楽しゅうないか」

隣の弥左衛門が声をかけると、喜代は首を振って微笑み返し、

「とんでもありません。嬉し過ぎて、なんと言っていいか、困っているくらいです」

「困ることないじゃないか。これは、今日までおまえをきちんと育ててくれた妓楼主や女将、遣り手などへの感謝のつもりだ。寂しい別れは嫌じゃないか。だから、おまえも一緒にたんと楽しんでおくれ」

「あい。宜しくお願い致します」

「他人行儀なことを……ささ、もう一杯」

弥左衛門が喜代に酒を注いで、

「で、どうなのだ。いつから、深川の屋敷に来られる」

「…………」

「色々と備えることもあろうが、この身ひとつで来てくれればよい。祝言もきちんと挙げる。一生、苦労はさせせぬ」

「…………」

「どうした。深川が嫌ならば、浅草や上野でも構わないし、もっと田舎がよいなら、それでもいいんだぞ」

何も答えない喜代を見つめて、弥左衛門は訝しげに首を傾げ、

「具合でも悪いのか？」

「いいえ……言いにくいのですが、身請けについては、もう少し考えさせてくれないでしょうか」

「なに？　どういうことだね」

わずかに不愉快な顔になったとき、片隅で芸者衆と一緒に飲んでいたおきんが、

「バカたれ。何を勿体《もったい》つけてるんだい。おまえはご主人や女将さんの苦労を忘れたのか。恩義を忘れたのか。こんないい話は二度とあり得ない。見世への恩返しのつもりで、しっかりお勤めしなさい」

と酔った勢いにまかせて、不調法に言った。主人や女将は無礼をわびたが、謝っ

たのはおきんではなく、喜代だった。

「申し訳ありません、弥左衛門様……私は女郎ですから、この体は幾らでも金に換えても構いませんが……」

「――なんだ……」

「この身は売っても……胸の奥にしまっている……心までは売りたくないんです」

「こら！　お大尽に向かって、なんてことを、おまえは！」

今度は主人の弁蔵《べんぞう》が、怒鳴りつけて立ち上がった。千両が水の泡になってはたまらないからであろうが、遊んでいた他の遊女たちも吃驚《びっくり》して静かになった。しかし、弥左衛門は笑いながら落ち着いた声で、

「おいおい、今宵は無礼講だ。怒るな、怒るな……嫁に行くと決まっても、あれこれと不安になるものだ。なあ、喜代……こうして、男に媚びないところもいいじゃないか。私はおまえの全てに惚れたのだよ」

「…………」

「もう見世に出ることはない。すぐに私のところに来ることもない。親代わりの主人や女将に、せいぜい孝行をしておくのだね」

弥左衛門はしっかりと喜代の手を握りしめて、熱いまなざしで見つめた。

そのとき、入り口から、金兵衛と敬造が入ってきて、禿に誘われるままに二階の大広間に登ってきた。その壮観な遊女たちの絵双紙《えぞうし》のような光景を見て佇《たたず》んでいると、

「あ、今日は〝惣仕舞〟でして……」

と女将が追い返そうとしたそのとき、上座から弥左衛門が声をかけた。

「いいんだ、いいんだ。『岩戸屋』さんと『水戸屋』さんは、私が呼んだのです」

「さようでしたか……」

招き入れられた金兵衛と敬造は、弥左衛門の近くまで行って、軽く挨拶をした。だが、敬造の方は目も合わせず、ふて腐れた顔をしている。

「これは『水戸屋』のご隠居、ご無沙汰しております」

「いや、私は会ったことはありません」

「でも、おたくには結構、預けておりますよ。ご子息なら分かってますでしょうが、富ヶ岡のお大尽というのは廓だけで分かる通り名でしてな、紀伊国屋《きのくにや》弥左衛門……といいます」

紀伊国屋文左衛門が深川で隠居をしたことから、そう名乗っているのだが、子孫でも何でもない。ただ、あやかっているだけである。それにしても、かなりの地所

をどうやって手に入れたかはハッキリしていない。

初めは干害などで荒れた田畑を手に入れて、そこを新地として大店や長屋を建てたり、幕府に申請して隅田川河口の土砂を浚渫《しゅんせつ》して、埋め立て地を造って新しい町を造ったりしてきたという。それにしても、幕府の役人や普請請負問屋との繋がりがなければ、なかなか一代でできるものではあるまい。

弥左衛門は金兵衛に酒杯を勧めながら、

「商人は信用が第一。そのためには、『水戸屋』さんのような立派な両替商に、金を預けるのが一番なんです。自分の家の蔵にあっても、それは人様が毎日、見るわけではありませんからな。それに、両替商が出す振出手形《ふりだしてがた》が決済に便利というだけではなく、一番の信用の証《あかし》になるんですわい」

「そう言われると面映《おもは》ゆいですな」

「いやいや。おう、みんなよく聞いておきなさいよ。たとえ小額であっても両替商に預けておくのが一番確かだ。自分の蔵や手文庫に置いていたものは、盗まれたり燃えたりしたら終わりだ。でもね、両替商はそれを保証してくれる」

「へえっ……」

遊女たちは、聞くでもなく聞いている。

「しかもな、ふつうは両替商に預けたところで利子なんぞつかん。あくまでも安心のためだ。でも、『水戸屋』さんでは預けた金に利子がつく。これが信頼の大元《おおもと》だ。さすがは、金兵衛さん。その名のとおり、いい考えで儲けなさった」

「隠居の身ですから、もうからかわないで下さい……それより、親戚ということで、この敬造のことで話がちょっと」

「今は廓を挙げて遊んでいるのだから、野暮な話はまたにして下さい」

「いや。こうして、大勢さんがいるからこそ、話しておきたいことがあるんです」

金兵衛の通る声が、だだっ広い座敷に太鼓のように鳴り響いた。

「敬造と行く末を誓った喜代を、とんびがさらっていくような真似を、どうしてするのですか。いい女ならば、他に幾らでもいるではないですか」

「さらう……私が……」

「ええ。敬造と喜代は惚れ合っていて、三百両で妓楼主の弁蔵さんとも話がついているはずです。そうでしたな」

矛先を向けられた弁蔵は、曖昧《あいまい》に返事をしたが、意を決したように座り直して、

「たしかに、初めはそういう話でしたが、肝心の身請け金が未だに載けません。何度か催促しましたが、敬造さんからは、もう少し待ってくれの一点張り。そうこう

するうちに、前々から、喜代のことを大切に可愛がってくれていた富ヶ岡のお大尽から、此度の話が持ち上がったのでございます」

と、虎の威を借る狐のような態度で言った。

「つまりは金に目が眩んだのですな」

「言葉を慎んで下さいな、ご隠居。あなたもうちも含めて吉原では随分と遊んでくれたから、よう分かっているんでしょう」

「お陰で今でも、助平爺イと言われているが、あんたの話は分からん」

「遊女は元手のかかっている商品も同じですよ。売り買いすると言えば誤解があるが、教養や芸事をこれだけ身につけさせてやり、美しさにも磨きをかけてやったのは、すべてお大尽のような人に身を引いて貰うためではありませんか」

「つまり、相場で言えば、お株が上がったと」

「そういうことです。『水戸屋』さんかて、問屋株の売り買いをしてるではありませんか。今時は御家人株まで取引されてますよ」

「株と人とは違うと思いますがな……まあ、あんたの理屈はいい」

金兵衛は毅然と制して、弥左衛門にギロリと目を向けた。

「綺麗事を言っても、借金の形に女を働かせて、それで儲けてるのは間違いない。

金蔓にするだけして、用なしになったら売り飛ばす。しかも高い方になびく。これが人情だ。そこに、あんたが金に糸目も付けず、奪いにきた。つまりは銭金だけのことだ」

「…………」

「だがね……この敬造もそうだが、何より喜代さんに感情がある。これまで長年、働いてきたのだから、その気持ちを大切にしてやろうという計らいはありませんか」

「ならば、金で女を買ってたあんたは何だ」

「ですから、金で済むときと、そうではないことがあると言っているのです」

「なんですと……？」

「今宵一晩なら、喜代さんもあんたに体を預けるかもしれません。ですが、一生はいやだ。真の気持ちはないから、一緒になんぞ暮らしたくないと言ってるんじゃないですかな」

「いや、喜代は本気で……！」

「廓の寝物語は嘘が前提ではないですか。それを知らない弥左衛門さんじゃありますまい」

「………」

「ここは潔く、諦めてくれませんかね」

金兵衛が強引に迫ったとき、それまで我慢をしたように黙っていた敬造が、羽織の袖の中から、切餅をふたつ取り出して、弁蔵の前に差し出した。

「――何の真似ですかな……」

「俺が喜代を身請けする。これまで少しずつ出したのと合わせて、これで三百両になるはずだ。だから、私が貰い受ける」

「話になりませんな」

弁蔵が五十両を突っ返したとき、喜代の方が前のめりになって、

「敬造さん……それはダメです。気持ちはたしかに、敬造さんにありますが、所詮、遊女は売り買いをされるもの……もうこれ以上、あなたに迷惑はかけたくないから、私は……我慢致します」

そう言ってさめざめと泣いた。

鼻白んだ顔で喜代の横顔を見ていた弥左衛門は、ゆっくりと立ち上がると、

「そうかい……そこまで、敬造と惚れ合ってるのなら、好きにしたらいい。何も我慢なんぞすることはない……今日の宴《うたげ》は、敬造さんと喜代の祝言の前祝いという

ことにしましょう……これで『岩戸屋』さんも安泰《あんたい》でしょう。こんな遊女にそれこそ本気で入れ揚げている跡取りがいるのですからな」

皮肉でそう言って立ち去ろうとした。

「お待ち下さい、旦那様……」

思わず追いすがる喜代を押しやると、顔も見ないで、

「せいぜい幸せになるがいい」

と言い捨てて弥左衛門は立ち去った。

さっきまでの陽気な宴会が嘘のように静かになって、重く空気が淀《よど》んだ。慌てて弁蔵は弥左衛門を追いかけて、

「お待ち下さい。短慮はおやめ下さい」

などと必死に引き止めようとしている声だけが聞こえていた。

六

夜鳴き蕎麦の笛の音がする。それを消すように、犬の鳴き声が夜空に響いていた。

薄曇りで月明かりは、ぼんやりとしており、擦れ違う人がいても、顔はよく見え

ない。間もなく町木戸が閉まってしまうから、屋台を担いでいる蕎麦屋も、急ぎ足で通り抜けた。

江戸市中は町ごとに木戸があり、夜の四つになると閉じられる。寝ずの番がいるわけではない。真夜中に病人などが出れば、通るのが大変なので、潜り戸だけは開け閉めができるようにしている所もある。

盗賊が出たときなどには、威力を発揮するものの、身軽な者は屋根伝いに逃げるので木戸はあまり意味がない。それよりも、網の目のように張り巡らされている掘割は、夜中でも繋がっているので、舟を使えば意外と自由に往来ができる。もっとも、橋番は寝ずの番がいるので、不審な舟はすぐに見つかってしまう。

そんな月も朧《おぼろ》な夜中——。

南町同心の川本と岡っ引の雁平《がんぺい》が駆けて来て、蕎麦屋にぶつかった。

「いててて……！」

屋台ごと転がって怪我をした蕎麦屋のことなど構わず、辺りを見廻しながら、でっぷりとした雁平が問いかけた。

「おい。怪しい奴が来ただろう。どっちへ行きやがった」

「いいえ、誰も……何なんですか。俺は足が、ああ、いてて……」

倒れたままの蕎麦屋に、切羽詰まった声で、川本が付け加えた。

「吉原で刃傷《にんじょう》沙汰《ざた》があってな、妓楼主を刺して逃げた男がいるのだ」

「知りませんがな……」

「まだ、その辺りをうろついているに違いない。何かあったら、番屋に報せるんだ。よいな、蕎麦屋！」

と言って駆け去ろうとすると、路地からぶらりと竜之助が出てきた。出合い頭に雁平がぶつかりそうになったが、竜之助は素早くよけて、

「おっと、危ないねえ……何処に目をつけてるんだ」

「てめえこそッ」

雁平が摑みかかろうとすると、竜之助はさらに軽く避けて足を掛けた。均衡を崩した雁平はたたらを踏んで掘割に落ちた。

ドボン——という音が、小気味よいくらいに宵闇《よいやみ》に広がった。

「貴様……！」

川本が腰の刀に手を掛けると、間髪入れず竜之助は抜刀して、その目の前に切っ先を向けた。喉元一寸のところで刃が光っている。そして、川本の方は柄に手をかけたまま、鯉口《こいぐち》すら切れないでいた。

「た、助けてくれ……助けて……か、金槌《かなづち》なんだ、おらあ……」

掘割の中では、雁平がバチャバチャと藻掻《もが》いている。

「水不足で掘割も干上がってる。足が着くはずだぜ、親分さんよ」

竜之助はそう言いながらも、川本の目をじっと睨みつけていた。

「よ、よせ……」

俄に額に汗をかいている川本に、竜之助は切っ先を突きつけたまま言った。

「何処の妓楼の主が、誰に刺されたって？」

「き、聞いておったのか……」

「手を貸してやりたいと思ってな。俺は怪しいものではない。湯島天神の近くで、手習所の師匠をしている石橋竜之助という者だ。見てのとおり、しがない浪人だがな」

「……吉原の『水湖楼』という妓楼の主が、刺されたのだ」

「誰に……」

「飛脚問屋『岩戸屋』の婿で……敬造という奴らしい……遊女の身請けのことで揉めて、刺して逃げたということだ」

「たしかか……」

「ああ……こいつは、ろくでもない婿で、店の金を勝手に使い込んでいたような奴だ。拙者も、立ち会ったことがある……遊女にはかなり注《つ》ぎ込んだらしく、でも詳しくは知らぬが、妓楼主と揉めたとか……」

「それは、いつのことだ」

「今宵、訪ねて来たらしく、身請け金を渡したらしいのだが、折り合わず……」

「だから、今宵の何時《いつ》のことだ」

「半刻程前のことだ」

「だったら、敬造のせいじゃねえな」

「ええ？　おぬし……知っているのか」

竜之助はゆっくりと刀を引いて鞘《さや》に収めると、

「知ってるもなにも、暮れる前から、ずっと俺と一緒にいて、今、『岩戸屋』の前で別れたばかりだ」

「ま、まことか……」

「一緒だった者が、他にもいる。日本橋の両替商『水戸屋』の隠居・金兵衛さん、そして、朝倉智右衛門という公儀や大名、大店の勘定《かんじょう》指南役《しなんやく》をしている御仁だ」

「あ、ああ……その名なら聞いたことがある。だが、どうして、敬造なんかと

「……」

訝しむ川本に、竜之助は訳が分かったふうに頷きながら、

「なるほどな……八丁堀の旦那。あんたもハメられたってわけだ」

「なに……？」

「敬造を下手人に仕立てたい奴が、町方同心のあんたを利用したかっただけだ。もう一度、『水湖楼』に行って、篤《とく》と調べてみることだな。特に、妓楼主・弁蔵の傷がどんな塩梅か、きちんと調べることだ」

「ど、どういうことだ……」

「調べりゃすぐに分かる」

「まさか、その間に、下手人を逃がすつもりではあるまいな」

「その気なら、とっくにあんたを斬ってる」

竜之助が軽く刀に手を添えると、

「わ、分かった……調べ直してみる。おい、雁平、いつまで水の中で遊んでるんだ。とっとと上がって来ないか」

と川本は苛《いら》ついて怒鳴った。

その頃、『岩戸屋』では、番頭の大五郎に手引きでもされるように、勝手口から屋敷の中に入ってきた敬造を、宅兵衛が待ち受けていた。銅像のように縁側に立っていたその姿を見て、大五郎がヒッと声を上げた。

「疚《やま》しいことをしているから、人影を見て驚くのです」

「あ、いえ、私は……」

大五郎が言い訳をしようとすると、宅兵衛は厳しい口調で、

「おまえは下がっておりなさい。敬造に話がある。今日こそ、はっきりとさせようじゃないか。これまでのこともッ」

「…………」

敬造は申し訳なさそうに腰を低くして、頭を下げたが、宅兵衛は鼻で笑って、

「そうやって殊勝な顔をしたり、謙《へりくだ》ったりしていたが、すべて私を欺《あざむ》くため……おゆいをたらし込んだのも、金のため。そろそろ化けの皮を剝《は》いでやりましょう」

「化けの皮……ですか」

「おまえが、ここそこ何かを嗅ぎ廻っているのを、気づいていないとでも思っているのかね。大五郎を味方につけているつもりだろうが、手代らも『岩戸屋』のためなら、命を惜しまぬくらいに尽くしてくれる。おまえとはデキが違うのです」

「…………」

「たかが飛脚人足のおまえを、手代として雇ったのが、そもそもの間違いだった。おゆいも男を見る目がなかったというわけだ」

「散々な言われようですねえ」

「惚《とぼ》けるな。おまえは、初めから、この店の身代を乗っ取るつもりで、おゆいに近づいた。世間知らずのおゆいは、見かけだけでおまえに惚れたが、私の目は誤魔化《ごまか》せぬ。睨んだとおり、店の金を勝手に使いまくり、大五郎を使って帳簿を誤魔化し、涼しい顔をしてやがった……飼い犬に手を噛まれるとは、このことですよ」

忌々《いまいま》しげに敬造を見下ろす宅兵衛の顔は、鬼の形相だった。

「吉原の『水湖楼』では、大見得を切ったそうじゃないか。女郎を身請けする三百両、一体、どこで手に入れたんだい」

「…………」

「帳簿を克明に調べてみたが、十両や二十両ならまだしも、そんな大金は誤魔化しようがない。だが、巧みに帳尻を合わせている。さあ、どういうカラクリでやったのか、きっちり話して貰おうか」

中庭に座り込んだ敬造に、縁側から宅兵衛は吐き捨てるように言った。

「さあ！　言ってみなさい！」

「……人に借りました」

「嘘をつくな。そんな大金、おまえなんぞに貸す腑抜けがいるものか。人様から預かった金をネコババしたのか。それとも、押し込みでも働いたかッ」

「朝倉智右衛門さんに借りました」

「なに……」

その名を出されて、宅兵衛は眩惑されたような目になった。大店のみならず、大名や旗本の財政を立て直す印象もあるが、目を付けた大店を買収する力業《ちからわざ》で、転売を目的として富を得ているという噂もあるからだ。

「この店を狙っているのか……おまえは『岩戸屋』を質草にでもしたか」

「いいえ」

「ふん！　空々しい。娘まで奪って、身代まで取り上げようとは、まったく恐ろしい男だ。そうやって黙《だんま》りを続けるのなら、いや、どんな言い訳をしようともうお終いだ。女房を持ちながら、遊女を身請けしようなんていう魂胆が、私には許せない。さあ、さっさと出て行きなさい」

打ち震えながら大声を張り上げたとき、寝間からそっと出てきて様子を見ていた

おゆいの姿に、敬造は気がついた。その視線に、宅兵衛も勘づいて、

「女の出る所ではない。おまえも引っ込んでおれ」

と強く言うと、敬造は土下座をして、

「旦那様……申し訳ありませんでした……このとおりです」

「泣き落としはいいッ。出て行けと言ってるんだ」

「はい。今すぐ店を出ます。その前に、一言だけ、お許し下さい」

宅兵衛はいいやと口を結んだが、敬造は半ば強引に続けた。

「こうやって、旦那様はこれまでも奉公人を減らしてきました……ちょっとした欠点をあげつらい、無能扱いし、結果だけをすぐ求め、駄目な奴は追い出す」

「なんだと……」

「大五郎だって小判なんぞ盗んでいない。だけど、そういう失態を町方役人の前で責め立てて、店にいられないようにしようとした。そんなふうに、旦那様は人を人とも思わずに扱ってきた」

「何の話だ。私はそんなこと一度たりともしたことはないぞ」

「いいえ。私たち飛脚人足は、雨の日も風の日も、文句のひとつも言わず、足が腫《は》れようが棒になろうが、走り廻っていました」

「それが仕事ではないか」

「でも、私たちは牛馬ではない。草鞋《わらじ》を履き替えて、飯を食わなきゃ走ることもできない。だけど、みんな我慢して、ギリギリのところで、自腹を切ったりしながら、なんとか必死に働いていた。それは、『岩戸屋』から仕事を得ていたいという一心だけからです」

「…………」

「なのに、旦那様は『岩戸屋』と私たち人足を、奉公人ではなく、下請け人扱いにして、もし事故や怪我、病気などをしても、何の面倒も見ないような仕組みにしていた。そのために、病に冒されて倒れた奴は、まさに犬死になりました」

「何が言いたい」

「きちんと正式に奉公させず、いつでも首を切れるようにして、使うだけ使って、体が使い物にならなくなったら、切り捨てた。時には、人を無能扱い、ダメ人間と決めつけて、死に追いやったこともあるではないですか。私は……そんなことは、やめて欲しいと願っていただけだ」

「おい……綺麗事を言って〝命乞《い》い〟をしているつもりかい……うちのやり方を、おまえごときに非難される謂われはない。悔しかったら、おまえが当主になって、改めたらよかった話だ。それを、女郎にうつつをぬかして、片腹痛いわいッ」

「今まで、打ち捨ててきた人たちのことを、雀の涙ほどの安い賃金で雇ってきたことを、何とも思わないのですか」

「嫌なら辞めればよい。それだけだ。下らん。自分の能なしを棚に上げて、文句ばかり言う輩が増えて、困ったもんだ。さあ、出て行けと言っているのが分からんのか！」

宅兵衛が縁側の片隅にある心張《しんば》り棒《ぼう》を摑んで振り上げると、思わずおゆいが縁側から駆け下りて、敬造の前に一緒になって座った。そして、凛《りん》とした目で父親を見上げて、

「お願いです。どうか、後少し……もう少しだけ、敬造さんを置いてやって下さいませんか、お父様」

「血迷ったか、おゆい……」

「私のお腹には、やや子がおりますッ」

「え……！」

「どうか、どうか。このお腹の子のためにも、今しばらく……きちんと話せば、敬造さんの思いが必ず分かると思います。ですから、お願いです。どうか……」

今まで一度も、口答えどころか、自分の意見すら言ったことのないおゆいである。それが目の色を変えて、亭主を庇っている。宅兵衛はそれでも怒りは収まらなかったが、余りにも必死な娘の姿に、振り上げていた拳ならぬ棒を、静かに下ろすのだった。

「――申し訳ありません……」

敬造も深々と額を地面にこすりつけるように、頭を下げた。

七

数日後のことである。岩戸屋宅兵衛に南町奉行所から、差《さ》し紙《がみ》が届いた。差し紙とは、〝出頭命令〟である。

その理由は書かれていないが、異議申し立てをするにしても、奉行所に出向いて述べるのが慣例である。しかも、南町奉行の鳥居《とりい》甲斐守《かいのかみ》燿蔵《ようぞう》は、泣く子も黙るお奉行様だとの評判で、後にいう『天保の改革』の立役者のひとりである。しかも、反幕府分子への弾圧や絵双紙や芝居など、幕府批判の表現物に対しても容赦なく取り締まっていた。

——どのようなことでも、融通の利かない堅物。

との評判であり、賄賂《まいない》を求めるかと思えば、下手に献上しようものなら、すぐさま咎《とが》めるという〝気分屋〟の閻魔《えんま》大王という印象が強かった。

たしかに容貌も魁偉《かいい》で、どことなく冷たい雰囲気であった。天道を以て庶民を支配するというガチガチの儒教信者で、身分制度こそが封建社会を保ち、幕政を維持するものだという信念があったから、町人の営みについても厳しく規制をしていた。殊に水野越前守忠邦《みずのえちぜんのかみただくに》による倹約令について、商人たちの贅沢な振る舞いを厳しく取り締まっていた。

いきなりお白洲に通された宅兵衛は、一体何の咎で調べられるのか、さっぱり思い当たる節はなかった。しかも、ふつうならば、吟味方与力によって大番屋か奉行所の詮議所で、〝予審〟があって、何らかの疑いが深まれば、お白洲に呼ばれる。

宅兵衛の不安は絶頂に達していた。

奥襖が開いて、壇上に裃姿《かみしもすがた》の鳥居が現れる前に、宅兵衛は平伏して待っていた。

「——面《おもて》を上げい」

甲高いが、張りのある重厚な声に、宅兵衛は肩を震わせながら顔を上げた。

「飛脚問屋『岩戸屋』の主人・宅兵衛に相違ないな」

「はい。間違いありません」

「今日、呼んだのは他でもない。おぬしに対して、報酬の未払いにつき、百件余りの訴えが出ておる」

「み、未払い……？」

「おぬしが雇った飛脚人足たちからのものだ。何度も『岩戸屋』には口頭や書面にて訴えたというが、さよう相違ないか」

「お待ち下さい。たしかに、これまで何件か、そのような要求はありましたが、私どもは約定に則って、きちんと支払っております。まさに、これは誹謗中傷《ひぼうちゆうしよう》。誰かの悪戯《いたずら》でございましょう」

「悪戯ではない」

「ならば、一体、誰が訴え出たのか、お教え願えますか」

「それをやれば、またぞろおぬしが強引な手で脅しにかかるゆえ、まだ話せぬ」

「そ、そんなバカな……」

宅兵衛は謂われのないことだと、怒りを露わにして、

「お奉行様はご存じかどうか知りませんが、私ども飛脚問屋は、何か物を作るわけ

でも、金貸しのように利子で儲けるわけでもありません。人様のものを預かって、人様のもとへ届けるのが商いでございます。つまりは、お客様の代わりに用をこなしているのですから、預かったものは大切に扱わねばなりません。ですから、飛脚人足というのは、何よりも信頼できる人間ではないと務まりません。預かったものをなくされたら大変なことになりますからね」

一気呵成《いっきかせい》に喋った。だが、鳥居は黙って目を細めたまま聞いているだけだ。もっと述べよと言っているようにも見える。宅兵衛はここぞとばかりに、自分には非はないと訴えた。

「そもそも、私自身が飛脚人足から始めたのでございます。まだ若く、ひたむきに生きておりましたから、精一杯頑張りました。人様よりも少しでも早く、正しく届けることが自分に課した使命でした」

「うむ。働き者であったことは、娘より聞き及んでおる」

「おゆいが……おゆいが、何と？」

「昔の父は、人から好かれており、信用第一に商いをしていたから、決して人様に後ろ指を指されるようなことはするな。誤解を招くようなこともするな……そう教えられたと申しておったぞ」

いつ娘が鳥居に話したのか知らないが、自分に報されていなかったことに、宅兵衛は疑念を抱いた。敬造だけではなく、娘にも裏切られた感情を抱いた。

その内心を見抜いたのか、鳥居は淡々とではあるが、責めるように言った。

「おまえが信頼第一というならば、働いた者に対して、約束の金は払ってやれ。そして、一方的に首を切るのはやめるがよい」

「で……ですから、それはお奉行様の誤解です……訴え出た奴らの話ばかり聞かないで、私の話も……」

「だから聞いてやっておるではないかッ」

鳥居はわずかだが不機嫌な顔つきになって、苛ついた声で、

「ここへ呼んだ身共《みども》が悪いと言うのか」

「いえ、決してそのようなことは……みじんも思っておりません」

「ならば、正直に答えよ。証拠は揃っておるのだ」

目配せをすると蹲《つくば》い同心が、文箱を運んできて、宅兵衛の前に置いた。

「中のものを見てみるがよい」

「………」

宅兵衛は丁寧に文箱を開けて、覗き込むように見ていると、鳥居が続けた。

「おまえが未払いにしたことによって、儲けた店の利益だ」

「これは……一体、誰が……」

「婿の敬造だ」

「⁉——」

「当人の話によれば、その帳簿を得るために婿入りしたといっても過言ではない……とのことだ。むろん、おゆいも承知していたらしい。つまりは、娘と義理の息子が先導して、おまえの不正を暴こうとしたということだ」

「まさか、そんな……」

愕然《がくぜん》となった宅兵衛は悔しさや苛立ちよりも、悲しみの方が強くなってきた。これまで娘たちに尽くしてきたことが、何にもなっていないのかと、哀れみさえ覚えた。

「敬造が……けしかけたのですな……」

「いや。むしろ、おゆいの方だ。敬造は、いち飛脚人足に過ぎなかったが、ちょっとした失敗を理由に、賃金は払わずにお払い箱になるところであった。それでは、あまりに酷いと、常々、おゆいは思っていたようだ」

「………」

「優しい子ではないか……普通ならば、蝶よ花よと育てられた娘なら、人足のことなど考えるものか。そういう弱い者のことへ思いを馳せる娘は、凡庸ではない」

鳥居の声に感情は乏しいが、宅兵衛に対して、反省を強《し》いていることは、端《はた》から見ていてもよく分かった。だが、宅兵衛自身は、理不尽な責めを受けていると思っているようで、頬が醜く歪むほど歯嚙みしている。

「一体誰がこんな……お奉行、これは私を貶《おとし》めるための罠です……陰謀です」

「大袈裟よのう、『岩戸屋』。これはただ、息子と娘が、おまえのやり方に呆れ返ったから、身内から正そうとしただけだ」

「お待ち下さい……」

宅兵衛は縋《すが》るように、鳥居を見上げた。

「婿の敬造という男は、遊廓の女に入れ揚げて、店の金を盗んだり、借金をしてまで、注ぎ込んでいた奴なんです。商売のことなんぞ顧みもせず、ただただ遊興のために……」

「それが間違いだ、『岩戸屋』」

「いいえ。お奉行様が何と言われようと、私はこの吟味は納得がいきませぬ！」

毅然と言うと、鳥居はふうっと溜息をついて、

「ならば、仕方があるまい……おぬしには、もっと重い罪を背負って貰わねばならぬな……せっかく、娘夫婦が嘆願書を手に、この出入筋《でいりすじ》の解決と引き替えに、父親の罪は赦《ゆる》してくれと訴えてきたのだがな」

「私の罪、ですと?」

鳥居はしかと頷くと、今度は蹲《つくば》い同心に招かれて、川本が入ってきた。いつもの黒羽織は着ておらず、お白洲ゆえか刀も脇差すらも差していなかった。

「——川本様……」

思わず名前を言った宅兵衛に、鳥居が少し声を強めて、

「この同心は、すでに御役御免にしておる」

「!……」

「おまえに袖の下を握らされて、奉公人をちょっとした咎人《とがにん》にして、店を辞めさせるための〝下拵《したごしら》え〟をさせていたとか。お上に睨まれたというだけで、店の信頼がなくなる。だから、おまえは辞めろと強要した。大五郎にもそうし向けようとした」

「…………」

「そして、敬造に至っては、喜代という遊女に入れ揚げていると〝勘違い〟したお

まえは、富ヶ岡の弥左衛門に頼んで、身請け争いをさせて、敬造の身を持ち崩そうとさせた」

「勘違い……？」

「さよう。喜代と敬造は、故郷の幼馴染みで、たまさか苦界《くがい》に身を沈めているのを知ったから、何とか助け出したいと、金の工面をしていただけだ。そのことは、おゆいもすべて承知していること」

「！……」

「にもかかわらず、おまえは……弥左衛門が手を引いた途端、妓楼主の弁蔵を、まるで敬造が腹いせにやったかのように見せかけて、傷つけた」

「いや、あれは……」

思わず口から洩《も》れた言葉に、鳥居はすぐさま食らいついた。

「あれは何だ。語るに落ちたか、宅兵衛」

「…………」

「だが、安心せい。おまえは、弁蔵に金を握らせて、敬造にやられたふりをしろと命じただけだ……そこな川本が改めて調べたところ、弁蔵に怪我はなかった。だが、宅兵衛……おぬしは川本に頼んで、敬造を陥れ、店から追い出そうとしたのであろうッ」

最後の方は、鳥居の声にも力が入った。

「此度の一件には、ずっと朝倉智右衛門なるものが、探りを入れていた……らしい」

鳥居と智右衛門がどのような仲かは分からないが、含みのある言い草で、

「おまえは、大量に人を雇って、その中で使える者だけを残す。それは、良識ある雇い主ならば、やらぬことだ。そして、心身が消耗して働くことができないくらい、過酷なことをさせて、自ら辞めるようにし向ける。つまりは使い捨てだ。それでも頑張っている者に対しては、性格が悪いだの無能だのと繰り返し責めて、逃げたくなるようにし向ける。それでも利かない者には……咎人に仕立てる。それが、おぬしのやり方だ」

「…………」

「おぬしが、人を刃物で傷つけなかったのは幸いだった……どうだ、この際、隠居をして、敬造とおゆい夫婦に任せてみぬか」

その提案は吞みたくはない。だが、この場では、そうするしかないと宅兵衛は判断をしたのか、渋々と頷いた。

「まことか」

「あ、はい……」

「ならば、一筆書いて貰おう。これは、この鳥居とおまえの約束だ」

「…………」

「奉公人を次々と辞めさせ、飛脚人足の日給も安く叩いていたのは、店の大福帳《だいふくちょう》がそれこそ炎上していたからであろう」

「た、たしかに……」

「後は、敬造がこれまでの人足に対する報酬や雇い直しも含めて善処しよう……なにしろ、智右衛門からは借財があるようだからな。必死になって、やるのではないか？」

そう言うと、鳥居は初めて目尻を下げて微笑を浮かべた。

「おまえの代わりなんざ幾らでもいる……そう言って飛脚人足を虐めていたようだが、娘や婿の代わりはそうそうおらぬぞ」

念を押されて、宅兵衛はがっくりと両肩を落とした。そして、お白洲の砂の上に手をついて、深い溜息をついた。その宅兵衛に、蹲い同心がきちんと、

――隠居して敬造に任せる。

という旨を一筆書かせ、それに鳥居が署名するや、「一件落着」と立ち去った。

全身の力が抜けて、しばらく俯《うつむ》いたままだった宅兵衛がゆっくり顔を上げると、町人溜まりの方で、敬造とおゆいが待っていた。ふたりの顔には何のわだかまりもなかった。

「お父様……」

「……」

何も答えず、手を膝につきながら立ち上がると、壇上の控えの間から、格子窓越しにお白洲の方を見ている人影があった。それが、智右衛門であることを、宅兵衛ははっきりと見て取ることはできなかったが、

――してやられたな……。

と口の中で呟いて、背中を向けた。

だが、これで『岩戸屋』の台所は持ち直すかもしれない。正直なところホッとしている宅兵衛であった。そして、行く手で待っている敬造とおゆいに、何と声をかけたらよいか戸惑いながら、一歩一歩、歩き始めた。

# 第四話　仇討ち桜

## 一

古来、〝お茶の水〟と呼ばれている湧き水の出口から、こんこんと透明な水が溢《あふ》れ出ている。この井《い》の頭《かしら》の湧き水が神田《かんだ》上水《じようすい》の源《みなもと》で、江戸市中の水道の水として使われているのである。つまりは江戸の水瓶《みずがめ》だ。

江戸っ子が、「水道《すいと》の産湯《うぶゆ》に浸《つ》かり」と啖呵《たんか》を切るが、元を辿《たど》れば、江戸から五里余り離れている武蔵野の水である。ここには湧き水が溜まった広い池があり、御《ご》殿山《てんやま》の雑木林に取り囲まれて、草花や水草に溢れ、水鳥や渡り鳥がこの世の春と囀《さえず》っている。春になれば山桜が満開となり、水面にはまさに花の筏《いかだ》が敷きつめられるのだ。

しのぶは水桶を置いて、「ああ……」と背伸びをした。この湧水口から、池の中にある島の弁財天《べんざいてん》の社《やしろ》を見るのが好きだった。

「今日も生きてる……」

という爽やかな気分になって、思わず掌《て》を合わせるのである。その姿は初々しく、まもなく三十路《みそじ》になるというのに若々しく、化粧っけのない艶《つや》のある肌は、観音様のように白く美しかった。

社には、最澄《さいちょう》が作った弁財天女像が祀《まつ》られているとのことだが、何百年も放置されていたのを、三代将軍家光《いえみつ》が再建したものだ。

この界隈はかつて、徳川家康《とくがわいえやす》の鷹狩り場であった。その折、茶にして飲んだ水だから〝お茶の水〟といい、家光の鷹狩り御殿があったから、天保《てんぽう》の今でも御殿山と呼ばれている。弁財天があるから、信仰と行楽を兼ねて、江戸から訪ねて来る人々も多く、賑わっていた。当然、門前町のようなものができて、美しい景観もあって旅人の心を癒《いや》していた。

その参道の少し外れた所に、しのぶが営む造り酒屋『桜屋《さくらや》』があった。

もちろん、水は井の頭と同じ井戸の水を使っている。酒造りには良い水と良い米が必要だが、江戸からさほど離れていない所でありながら、この地にはいずれもが揃っていた。

森に包まれた参道にはちょっとした茶店や蕎麦屋、旅籠《はたご》などが並んでおり、深大《じんだい》寺《じ》に参拝に来た人々も、よく足を延ばして訪ねて来ていた。

深大寺は、玄奘三蔵《げんじょうさんぞう》を守護した〝深沙大王《じんじゃだいおう》〟からその名がついており、天平《てんぴょう》年間に法相宗《ほっそうしゅう》の寺として開かれたのが始まりである。その後、天台宗《てんだいしゅう》に変わったが、江戸の浅草寺《せんそうじ》と並ぶ古刹《こさつ》だという。ゆえに江戸っ子にも馴染《なじ》みがあって、ついでに水道の源も拝んでいこうという思いがあったのかもしれぬ。

だが、この辺《あた》りは鬱蒼《うっそう》とした雑木林が広がっている田園地帯である。江戸で押し込みや盗みを働いて逃げた盗賊一味が、あちこちに潜んでいるという噂もある。日が暮れると山賊まがいの野武士も現れるとも言われていたから、決して穏やかな所ではなかった。

夜になると真っ暗になって、月のない夜などは深閑としていて、風に揺れる雑木の音やたまに梟《ふくろう》の鳴き声が聞こえるだけだ。江戸から来た者たちにとっては、不気味といえば不気味だった。

この数日、弁財天の一帯では、

――〝ムササビの円蔵《えんぞう》〟一味が潜んでいるらしい。

という噂で持ちきりだった。その名の盗賊一味が、江戸の両替商に押し込み、主人夫婦を殺して、千両余りを盗んで逃げたということで、弁財天の門前は騒然としていたのである。門前といっても、本当に数軒の出店があるだけで、宿場町のように居住しているわけではない。

その一味は、数人だとのことだが、たとえそのくらいの人数であっても、まとまって旅籠に泊まれば、何となく様子が分かる。それくらい地元の人たちは、余所者《よそもの》には警戒をしていた。

ここ造り酒屋の『桜屋』にも、見知らぬ輩《やから》が来たら気をつけるようにと、十手《じって》持《も》ちが注意を促しに来ていた。

三代も続いた酒蔵は、独特な匂いが広がっていて、下戸《げこ》ならば倒れてしまいそうなほどであった。小さな酒蔵とはいっても、三百坪ほどある二階屋である。三分の一くらいが酒造場で、白米蔵、玄米蔵、薪《まき》置き場、船場、洗い場、釜屋、道具干し場、勘定場などが一つ屋根の下にある。

勘定場には、酒醸造元の証《あかし》である〝将棋の駒〟の形をした立派な鑑札が置かれてある。磨かれて艶々としているのは、三代、継がれていることを物語っている。

表から勘定場に入ってきた羽織姿の男が、太い大黒柱を叩きながら、

「女将《おかみ》はいるかい」

と声をかけた。番頭の藤吉《とうきち》が迎えに出て、

「これは、これは、金剛《こんごう》の角五郎《かくごろう》親分さん」

平身低頭で挨拶をした。藤吉はもう五十の坂を越した古株である。小柄な番頭に比べると、相手はまさに金剛力士のような立派な体軀《たいく》で、カッと見開いた目の力も恐いくらいであった。

地廻りのやくざ者を束ねている親分で、尚《なお》かつ、代官から十手を預かっている、いわゆる〝二足の草鞋《わらじ》〟というやつだ。この手合いは、権力を笠に着て、自分の悪さを棚に上げて弱い者を威嚇《いかく》するタチの悪いのが多かった。金剛の角五郎と呼ばれたこの男も、その類《たぐい》である。

藤吉は恐縮したように首を竦《すく》めて、

「今日はまだ……出先から帰っておりませんが……」

と答えると、角五郎は十手をこれ見よがしに膝の上でぽんぽんと叩きながら、

「俺の顔を見たくなくて、出かけたんじゃあるめえな」

「まさか。お茶の水を汲みにいったのです。うちの井戸水も、井の頭と同じものですが、やはり湧き水で茶を点《た》てると、ひと味もふた味も違うらしく、はい」

「そうかい。じゃ、女将が帰って来たら、有り難い弁財天の水で淹《い》れた茶を一杯、ご馳走になろう」

「さようですか……でも、いつ帰って来るか……」

「なに、今日のお勤めはここで終《しま》いだ。ゆっくりできるから、気にすることはねえよ」

困っている藤吉の顔を舐《な》めたような面構《つらがま》えで睨《にら》んで、角五郎はどっかと上がり框《がまち》に腰掛けた。そして、煙管《キセル》をくわえたので、藤吉は煙草盆を運んできて、角五郎の前に置いた。

火をつけてぷっかりと煙を吹かしてから、

「——亭主が死んで何年になる……」

と角五郎は訊いた。

「うちの主人のことですか」

藤吉が訊き返すと、

「他に誰がいるんだ。しのぶの亭主だよ」

わざと女将の名を呼び捨てにして、角五郎はさらに深く煙を吸い込んで、わざと藤吉の顔に向かって吹きかけた。少し噎《む》せた藤吉は離れながら、

「今年、七回忌を済ませましたから……」

「もうそんなになるかい。へえ、光陰矢のごとしというが、本当だな」

「はい。その頃は、まだ親分さんもその十手は持っていませんでしたね。お陰で、近頃は安心して眠れます」

「余計なことを言うなよ」

角五郎はギロリと睨みつけて、

「そうか……てことは、六年も孤閨《こけい》を守ったことになるのか、しのぶは」

「…………」

「ガキの政吉《まさきち》がまだ三つくらいだったからな……時々、その辺をうろついているのを見るが、なかなかいい面構えになってきたじゃねえか。幸兵衛《こうべえ》に似てきたな」

亡くなったしのぶの亭主のことである。

元々は幸兵衛の祖父が、この地で造り酒屋を始めた。下総《しもうさ》の佐倉《さくら》の出なので、初めは『佐倉屋』だったが、先代のときに井の頭の桜の美しさにあやかって『桜屋』と名乗るようになった。

佐倉も酒や醬油、味噌などの醸造が盛んだった。幸兵衛の先祖は代々、佐倉城下でそれらの蔵を営んでいたが、武蔵野の水の良さを知って、新天地を求めて来たという。

しのぶは浅草の小さな紙問屋の娘だったが、幸兵衛が自前の酒を売るために江戸の酒問屋に行ったときに、たまたま立ち寄った茶店で見初《みそ》めた。そして、何度も紙問屋まで訪ねて連れて帰ったのである。

嫁は親が決めるのがふつうだったが、しのぶの方も幸兵衛を心憎からず思っていたのであろう。別の縁談があったのだが、そっちを断って、浅草のような繁華な所から、狸が出るような田舎に嫁いできたのだった。

だが、流行病《はやりやまい》で幸兵衛を亡くしてしまったしのぶは、二代続いた店を人任せにはせず、息子の政吉が一人前になるまで、女主人として頑張ると心に誓って、今日まで幾多の困難を乗り越えて、亭主の残した酒蔵を守ってきたのである。

それを支えているのが、番頭の藤吉と杜氏《とうじ》の茂作《もさく》をはじめとする何人もの職人たちであった。昔からの変わらぬ方法で、造り上げていた。

「一麴《こうじ》、二酛《もと》、三造り」

とは古来、言われ続けていることだが、特に麴造りは、酒の命である。まさに生命の息吹を吹き込む過程であるから、最も重要なことである。蒸した米を指などで丁寧に細かくひねって確かめながら、麴黴《こうじかび》を〝白花〟や〝黄花〟などと言われる色合いで判断しなければならない。

この蔵では、その色が桜色になったときが、最もいい塩梅《あんばい》に発酵する酵母ができた。ゆえに『桜屋』ともいうのである。完成した酒の色も、透明な白ではなく、黄ばんでもいなく、少し淡い桜色である。それは、次にできあがった酛に蒸し米や麹、水を何度も加えて造られた醪《もろみ》のせいであろう。上方《かみがた》の酒は繊細で柔らかで、関東の酒は荒くて強いと言われるが、『桜屋』の酒は口当たりのよい爽やかな味わいだった。

角五郎も酒豪であるが、ここの酒も好んで飲んでいたから、

「やっぱり茶より、酒がいいな。なあ、番頭さん、酒蔵が茶を出すって法はねえやな」

と要求すると、藤吉はすぐさま徳利《とつくり》酒を持参して、湯飲みに注《つ》いで差し出した。

「ありがたいねえ……ああ、ありがたい……」

ズズッと下品な音を立てて、角五郎が酒を飲んだとき、奥から政吉が出てきた。まだ前髪の幼さは残っているが、目鼻立ちはすっきりとして、利発そうな顔立ちだった。

「親分さん。それを飲んだら帰って下さい」

「おう、政吉か。見るたびに、立派になってくるなあ。おっ母《か》さんも、おまえの成長を楽しみにしてるだろう」

微笑《ほほえ》みかける角五郎に、政吉は真剣な目つきで、

「どうか、お帰り下さい。おっ母さんは、親分のことが嫌いです。もう、これ以上、言い寄るのはやめて下さい」

はっきりとものを言う政吉に、角五郎は子供が相手だから本気になることはなかったが、穏やかな口調の中にも、どことなく脅し文句を混ぜながら、

「政吉。相手は大人だし、こうして十手も預かってる者だ。ものの言い方には気をつけた方がいいぞ。なに、責めてるんじゃない。教えてるんだ。相手が俺ではなくて、気の短いバカな大人だったら殴られるかもしれねえ。まあ、おまえにはお父《と》っつぁんがいねえから、礼儀を教えて貰《もら》ってねえのかもしれないが、なんなら……俺がお父っつぁんの代わりになってやってもいいんだぜ」

下心《したごころ》のある笑みをチラリと浮かべた。

「お断りします。私のお父っつぁんは、桜屋幸兵衛ただひとりです。それに、おっ母さんだって、親分みたいな人とは絶対に一緒にならないと思います」

端で聞いている藤吉の方が、ドギマギしていた。下手をすると、ここで大暴れを

されるかもしれない。そうしたら、仕込んでいる酒もめちゃくちゃにされるという恐怖心が湧き起こったからだ。

「おい、坊主。今、俺はなんて教えた」

「………」

「ものの言い方に気をつけなと言ったんだ。その耳は飾りかい、ええッ？」

ほんのわずかだが気色《けしき》ばんだとき、表から水桶を抱えたしのぶが入ってきた。

「金剛の親分。子供にまで言いがかりをつけないで下さいまし」

振り返った角五郎の頬がピクリと震えた。おもむろに立ち上がると、ゆっくりとしのぶの方へ近づいていった。

「子供の前じゃ話せねえこともある。ちょいと、付き合って貰おうか」

「あのことなら、きちんとお断りしたはずです」

「色恋の話じゃねえよ。御用の筋だ」

威圧するような大きな目を、ギラリと輝かせる角五郎を、しのぶは気丈《きじょう》に睨み返していた。

二

『桜屋』から程近い所に茶店がある。その奥にある小さな座敷に、しのぶの方から角五郎を誘った。

二町ばかり離れた所にある角五郎の屋敷が番屋代わりに使われていたが、そこは賭場《とば》などが開かれ、子分衆が十数人、クダを巻いているので、誰も近づかない。そんな所に行けば何をされるか分からないので、しのぶは馴染《なじ》みの茶店に来たのだ。

「御用ならば、お酒じゃない方がいいと思いましてね」

毅然《きぜん》と向かい合うしのぶを、角五郎は頭から膝まで舐めるように眺めながら、

「随分と艶《いろ》っぽくなったが、男でもできたのかい」

「…………」

「六年も七年も孤閨を守るなんて、そんな寂しいことをしちゃいけねえ。体にもよくないぜ……なあ、しのぶ。本当は体の芯が疼《うず》いてたまらないんじゃねえのかい」

舌舐めずりをする角五郎の言い草に、しのぶは慣れきっているのか淡々と、

「御用の話じゃないのなら、帰らせていただきます。そんなに暇でもないので」

「待ちなよ。忙しく酒蔵を営んでいられるのは、誰のお陰だと思ってるんだい。そんなにつれなくすることはねえだろう」

「……どういう意味ですか」

しのぶは何か引っかかったのか、わずかに不安な目で相手を見つめた。角五郎はほくそ笑むように煙管を咥《くわ》えながら、

「亭主が死んでから、女手ひとつじゃ大変だろうからって、運上金《うんじょうきん》を減らしてやったのは何処《どこ》の誰だと思ってるんだい。代官に承知させたのは、この……」

運上金とはいわば営業税である。

「分かっております。でも、私はそれまでどおり払うと言いました。親分が勝手に代官に相談して決めたことじゃないんですか」

「だが、おまえはその厚意を甘んじて受けた。それとも、これまでの分、払うかい？　利子をつけたら、かなりの額になるぜ。そもそも、亭主にも借金があったしな」

「…………」

「それに、米を扱う商売ってのは、醬油や酢などもそうだが、仕入れる米は江戸や大坂よりもかなり安く手に入る。食用ではないということで、米相場とは違う〝抜

け道〟から届くことになっているからだ。それだって、代官がお目こぼしをしているからだ。そのためには幾《いく》ばくかの袖の下がいる。それを、裏で払ってやっていたのも……この俺だ」

「…………」

「つまり、おまえは俺がいるからこそ、当たり前のように商売ができているんだ。役人から睨まれないのも、面倒な輩から守っているのも、江戸の酒問屋に口を利いてるのも、俺様だってことを忘れちゃ困る」

感謝しろとでも言う目つきになった角五郎に、しのぶは毅然と言い返した。

「頼んでもいないことをしないで下さい。私は迷惑をしているのです」

「迷惑……だと？」

「はい。江戸の酒問屋からは、金剛一家の者が押しかけて来て、『桜屋』の酒を仕入れなかったら承知しねえぞ、と脅されて困る。私とどういう関わりなのかと、何件も問い合わせがあります。その都度《つど》、番頭の藤吉らが謝りに行っています。もちろん、私も」

「おいおい、誤解しちゃ困るぜ……」

角五郎は障子窓を開けて、桟《さん》に煙管を当てて灰を落とすと、

「そのお陰で売り上げが倍増しているんじゃねえのかい。脅したって言うが、こちとら若い衆が美味《うま》いからって勧めに行っただけだ。いわば、酒の評判を上げたから、売れたんじゃねえのかい」

「いいえ。うちの酒は亭主やお祖父《じい》さんたちが頑張ったからです。昔ながらのお客さんがいるからですッ」

キッパリと言って鋭い目で睨みつけるしのぶに、角五郎は近づきながら、

「その勝ち気なところも、たまんねえな……益々《ますます》、気に入ったぜ。どうでも、俺の女にしなきゃ、気が済まなくなった」

と下卑《げび》た声で言った。思わず腰を浮かせて逃げようとしたしのぶに、角五郎は大きな体でのしかかるように、

「言うことを聞かねえなら、これまでの運上金、代官に払った賄賂《まいない》、うちの若い衆が江戸まで行って、おまえんちの酒を売り込んだ手数料。他にもあれこれあるから、年百両かかったとして、ざっと六百両。返して貰おうか」

「そ、そんな……」

「利子をつけろなんて阿漕《あこぎ》なことは言わねえ……だが、返せないなら、体で払って貰おうか……なあ、しのぶ。俺と夫婦になりゃ、余計な苦労をしなくて済む。倅《せがれ》

や奉公人にだって、もっと楽させることができるんだぜ」

さらに体を押しつけてきた角五郎を、しのぶは必死に押し返して、土間に転がるように落ち、履き物も履かずに表に逃げようとした。その前に、若い衆が三人ばかり立っていて、

「どうしました、女将さん」

と手を貸そうとした。が、しのぶは振り払って表に出ようとしたが、若い衆が取り押さえるようにして座敷に押し戻そうとした。悲鳴を上げようとしたが、口を押さえられて、手籠《てご》めにでもしようという勢いだった。

店の主人は異変に気づいたが、下手《へた》に止めに入ると自分の身が危ない。店も壊されるかもしれない。他の客たちも関わりを避けるように、何気なく店から出て行った。

再び、しのぶが座敷に抱え込まれようとしたとき、

――ビシバシ。

といきなり、若い衆の背中が笞《むち》のようなもので打たれた。

「痛え！　何しやがる！」

振り返った若い衆たちの前には、編笠を小脇に抱えた旅姿の石橋竜之助《いしばしりゅうのすけ》が立っ

ていた。手には、竹でできた切れ端を持っている。弓のようにしなるから、叩かれたらヒリヒリと痛いのだ。

「誰だ、てめえ……！」

「名乗るほどの者ではないが、大の男が寄ってたかって女ひとりに乱暴を振るうとは、見ていられなくてな」

「なんだとッ。俺たちが誰か知って言いがかりをつけてんのか、三ピン」

「知らんよ。ご覧のとおり、旅の者だ。この辺りは、江戸から逃げてきた盗賊もいるって聞いていたが、他にも悪さをする輩がいたんだな。実に物騒なところだ」

「しゃらくせえッ」

三人は懐《ふところ》に隠し持っていた匕首《あいくち》を一斉に抜き払って突っかかったが、竜之助が避《よ》けたかに見えた次の瞬間、三人が同時に地面に吹っ飛んでいた。合気《あいき》の鋭い柔術によって、勝手に転がっていったのだ。

すぐさま、しのぶの手を取って、そのまま表に出た竜之助を、角五郎と起き上がった若い衆たちが追いかけてきた。

「待ちな、浪人さんよ」

角五郎が十手を見せつけて、

「その女は畏《おそ》れ多くも、米を盗み、運上金もネコババする性悪女だ。こっちは御用で調べていたんだから、さあ、こっちへ引き渡して貰おうか」

「金剛の角五郎ってなあ、評判の悪い二足の草鞋ってことくらい耳に入ってるよ」

「知ってるのか、てめえ……」

驚いて睨みつけてきた角五郎に、竜之助は微笑んで頷いて、

「ああ。旅の途中にな、弁財天が祀られている所とは似ても似つかぬ悪い奴だとな」

「なにッ」

「盗賊の〝ムササビの円蔵〟一味も匿《かくま》っているんじゃないかって噂だが本当かい？」

「ふざけるなッ。こちとら曲がりなりにも、任侠を売り物にしている十手稼業だ。盗人《ぬすっと》と一緒にされてたまるか」

「やり口は違っても、盗人もあんたらも変わらないと思うがな」

「黙って聞いてりゃ……！」

角五郎は十手を帯に差し戻すと、腰の長脇差《ながどす》を抜き払って、いきなり斬りかかった。竜之助はしのぶをおしやってから、体をかわした。勢い余った角五郎はたたら

を踏んで前のめりになった。その尻をポンと蹴ると、角五郎はさらに勢いを増して、石で出来ている辻灯籠《つじどうろう》にぶつかった。

したたか頭を打った角五郎の額がみるみるうちに青くなって腫《は》れた。

「やろう！」

子分たちが背後から躍りかかったが、次の瞬間、目にも留まらぬ居合いでバッサバッサと斬り倒した——と見えたが、帯を切り裂いただけだった。晒《さら》しと褌《ふんどし》が露わになった子分たちは、アッと立ち尽くした。

「次は髷《まげ》に行くか、それも面倒だから、親分さんの喉でも突き切るか」

竜之助の目が鋭くなって切っ先を突きつけると、角五郎が若い衆たちに、

「ひ、引け……いいから、引け……」

と命じた。そして、角五郎も一緒になって、這々《ほうほう》の体《てい》で逃げ出した。去り際、しのぶをチラリと振り返って、

「これで済んだと思うなよ。俺が黙っていても、代官がほっとかないだろうからよ」

と駆け去った。

しのぶは深々と頭を下げて、

「どうも、ありがとうございました。なんとお礼を言ったらいいか……」

「礼には及びませんよ。実は、こっちも『桜屋』さんに用があって来たのだ」

「え、うちに……？」

少し訝《いぶか》しげになったしのぶに、竜之助が名乗ろうとしたとき、

「石橋竜之助様！　ようおいでなさって下さいました、石橋様」

と近づいてくる藤吉の姿があった。

その横には、政吉の姿もあった。政吉は、なぜか爛々《らんらん》と目を輝かせている。

「おじさん……凄い腕前ですね……私は『桜屋』の跡取り、政吉です。おっ母さんを助けて下さって、ありがとうございました」

丁寧な政吉の態度に、竜之助は良い子だなと微笑み返した。だが、すでに面識がある藤吉のことを、しのぶは不思議そうな顔をして見やった。

「どういうことだい、藤吉さん……」

「はい。実は、うちの店のやりくりのことで、江戸の朝倉智右衛門《あさくらちえもん》さんに、お頼みしていたことがあるのです」

「朝倉……智右衛門……？」

しのぶはよく知らない名なので、首を傾《かし》げるのだった。

三

その頃、江戸は氷川神社近くにある朝倉屋敷では、いつもの業務に勤しんでいたが、両替商『水戸屋《みとや》』の隠居・金兵衛《きんべえ》が、すぐにでも会って話したいことがあると訪れて来ていた。

二千坪余りの屋敷には、金色の鯉が泳ぐ池があり、そこに突き出すような形で、茶室が設えられていた。ここまで〝表座敷〟で働いている奉公人たちが弾く算盤《そろばん》の音が、ジャージャーと聞こえている。

若い小者の源吉《げんきち》が先に、金兵衛を案内して、智右衛門のお守《も》り役であるお津根《つね》婆さんが、白鱚《しろぎす》の天麩羅《てんぷら》、烏賊《いか》の一夜干し、真鯵《まあじ》のなめろうなどを載せた高膳《たかぜん》を運んできたところで、冷や酒をクイッとやっていた。

智右衛門が現れるといつもの陽気な顔で微笑みかけて、

「まま、駆けつけ三杯……」

「私は昼間っから飲みません。ご隠居は気楽でよろしいですな」

「長年、苦労したんだから、これくらいはいいでしょう」

手酌《てじゃく》で杯に酒を注いで、

「これまた、『桜屋』の酒ですが、なかなかスッキリしていて良い味わいですぞ。ああ、その『桜屋』のことで、ちょっと……」

「何か、よからぬことでも？　金兵衛さんが急いで来るときには、大概《たいがい》、大変なことがあったときですからね」

「ご名答。実は、『桜屋』の女将というのが、なかなかの美形だということでしてな。それならば、竜之助さんなんぞに行かさず、私が出向くのでしたわい」

「江戸からは遠いので、その足腰では無理でしょう」

「何とおっしゃる。私の健脚を知らないのですか。四里や五里など散歩です。これから『色道大鏡《しきどうおおかがみ》』を著した畠山《はたけやま》箕山《きざん》の如《ごと》く諸国の色里巡り、いい女を探して……ま、それはともかく、これをご覧あれ。いやらしい、絵双紙《えぞうし》じゃありませんぞ」

傍《かたわ》らに置いてあった綴《つづり》本を、金兵衛は差し出して、

「番頭の藤吉さんから預かっていた『桜屋』の大福帳《だいふくちょう》なのですが、酒の出荷や米の仕入れにあまり金をかけていない。これは、酒は運び方ひとつで味わいも変わるし、米の質によって、違ったものになってくる。飲み助ってのは、味や風味が変わるのを一番、嫌がりますからな」

「なるほど、そこをケチったために、『桜屋』の売り上げが下がったと？」

「それより私が一番、気になったのは……杜氏や蔵人《くらびと》への報酬が年々、下がっていることです。女主人のしのぶとやらが仕切るようになってから、三割ばかり減っている。これでは、いい酒造りができないでしょう。しかも、蔵人の数まで少なくなっている」

杜氏とは酒造りの全てを任される頭領のようなもので、蔵人とは杜氏のもとで酒造りをする職人である。大体、秋から仕込みを始めて、翌年の春まで働く〝季節労働者〟のようなものである。

酒蔵の主人と、杜氏、そして蔵人たちの厚い信頼感と情熱がなければ、良い酒は生まれない。酒はまさに生き物であるから、みじんたりとも手を抜けない。同じ理想の酒に向かって、強い絆《きずな》がなければ決して成功しないのが酒造りだ。

昨年、上手くいっても、今年も良いものができるとは限らない。失敗すれば、〝腐造《ふぞう》〟となるから、慎重に慎重を重ねる神経を使う仕事なのだ。〝腐造〟とは、仕込んだ酒がうまく酵母が働かなくて、途中で腐ってしまうことで、職人も酒蔵としても最も恐れていたことである。

それゆえ、報酬がどっと減るとなれば、杜氏や蔵人にとって、大変な負担になる。

いい腕の持ち主は、条件の良い蔵元に行こうということになってしまう。だからこそ、酒蔵の主人は少しでもよい報酬を出そうとするのが常である。

「智右衛門さんも知ってのとおり、酒造りに大切なのは米と水を選ぶことです」

「その点では、問題がないでしょう」

「秋の新米が蔵に入ってくると同時に、酒蔵で働く杜氏や蔵人も来て、酒造りの成功を祈願してから、精米に入ります。玄米を精米にして白くするには、物凄《ものすご》い手間がかかりますな。ここで失敗すれば、後が大変。食べる米はわずか、一割を糠《ぬか》にするだけですが、酒に使うものは、四割から六割も糠にしてしまう。つまり半分は捨てるわけです」

「そうらしいな」

「ええ。米を削り、雑味を除去するのが大変なんです」

タンパク質や脂肪分を取り除くことで、口当たりのよい端麗な味わいになる。そのためには、米が〝胴割れ〟しないように丁寧に精白して、その後、洗米した後に水につけて適度に水分を吸わせてから、〝甑蒸《こしきふ》かし〟という作業に入る。こうした蒸し米で、麹を育てて、酛《もと》を造る。酛は酒母《しゅぼ》ともいう。蒸すのも水分の量などを考慮して作業するから、非常に手間がかかる。

「でも、まだこれでも酒造りの中では序の口、始まったばかりですな……」

金兵衛は酒飲みのうんちくのように語った。今風に言えば、冷《さ》ました蒸し米に、麹で糖化発酵し、さらに糖分を酛の酵母でアルコール発酵させるわけだ。酵母の中に、良質な乳酸菌を増やさないと〝腐造〟してしまうのである。

そして、硬水か軟水かによって、酒の味わいが変わってくるが、概《おおむ》ね硬水は荒々しく、軟水は口当たりが柔らかくなる。井の頭のお茶の水と同じ、『桜屋』の井戸水で、醪《もろみ》を仕込んでじわじわと発酵させると、端麗なさっぱりした辛口の酒ができる。

「いわば、智右衛門さんのような、粋で鯔背《いなせ》なのに、人当たりが柔らかい酒……ってところでしょうかねえ」

「そうだな」

「あれ、自分で褒《ほ》めないで下さいよ」

「素直なだけだ。私は見え透《す》いたお世辞でも喜ぶタチでね」

「そういうふうに酒造りは大変なんです。種麴《たねこうじ》を造るのだって、麹室《こうじむろ》で丸々三日か四日かけて造るけれど、ここでも絶対に失敗ができません。一に麹……って言われているくらいですからね」

金兵衛は色々と話した後、杯を傾けて、

「はは……いいねえ……そうして出来た酒は、やっぱり美味い」

と嬉しそうに言って、

「この酒がなくなる危機が押し寄せていると、その大福帳や帳簿を見て思いませんか」

「ふむ……」

「今のところは杜氏の茂作さんも、蔵人たちも、亡くなった幸兵衛さんへの義理立てから、手を貸しているんでしょう。ですが、このような〝経費の削減〟ということが続いていけば、自《おの》ずと先は見えてきます」

「そうですねえ……だから、その辺りの事情を探るために、竜之助の旦那に行って貰ったんですがねえ」

「なぜ、ここまで切り詰めなければならないのか。そこが分からなければ、手の打ちようがありませんが、ただひとつ考えられるのは……こういうことです」

「ん……？」

「当代の女主人が、酒造りにも蔵元としての商いにも素人だということです」

「だが、番頭の藤吉さんとやらは、幸兵衛さんを支えていた人で、先代から仕えているとも聞いているが」

「酛が出来て、麹も出そろって、やっと醪が仕込まれますが、酒造りとは人造りとも言われるほど、杜氏と蔵人ら職人とがきちんと絆ができていないと、それこそ酒蔵自体が〝腐造〟になってしまいます」

「その前にやるべきことがあると……」

「はい。番頭の話によると、まず樽や釜などがもう古くなっているから黴が入って、万が一失敗すれば、致命傷になるということ。蔵人たちが過ごす部屋が粗末であることなどから、先行きが暗い」

つまり設備投資と人材確保がうまく機能していないということである。

「そして、商売としては売ることが最も大切なのですが、江戸では毎年七十万樽を超える〝下り酒〟が飲まれています。つまり、上方からの酒がやはり大勢を占めています」

「だが、『桜屋』はそことは競合するつもりはあるまい」

「ですが、造り酒屋から、江戸の酒問屋に売り、そこから酒仲買人、小売酒店という流れの中には、摂津《せっつ》や和泉《いずみ》の酒がほとんどなので、関東の酒は逆に厳しい。樽廻船による大量でしかも半月で届くという早さによって、江戸近郊のみならず、関八州の酒蔵は悲鳴を上げております。しかも、武蔵の辺りは、川船も使えず、運ぶのは馬によりますから、量も限られる」

「うむ……つまり、質でも量でも、勝ち目は薄いということか……」

「ええ。確かに、この酒は美味い。しかし、灘《なだ》や伊丹《いたみ》の酒と比べてどうでしょう。大量に造り出せないならば、単価を高くしなければならない。しかし、今言いました問屋や仲買人の流れの中に入れてしまえば、埋没してしまいますな」

「なるほど……」

智右衛門は腕組みで頷《うなず》いて、ポンと膝を叩いた。

「てことは、金兵衛さんの考えは、上方の酒とは違う特質を生かし、商品としての流れも変えなきゃならんと」

「ええ。ですが、酒造株の関わりから、大根や芋のように勝手に売るわけにはいきません。そこでアッと驚く奇策が必要かと」

酒造株とは、幕府が酒造りを統制するために設けた制度である。飢饉《ききん》の折などは、米が不足するから、酒造りを制限しなければならない。そういう事情や酒造りの特権を与えるために、駒形の木製の鑑札を与えた。

それには、酒造人の名前や住所、石高《こくだか》株の石高、御勘定所《ごかんじょうしょ》の焼き印などが刻まれており、同一の国内であれば、譲渡や貸借もできた。また、後継者がいない場合などは、売買によって、別の蔵元が酒造の石高を増やしたり、他の業者が参入することもあった。

駒札に書かれている酒造石高を超えてはいけないのが原則であったが、実際は違っていることが多かった。だから、幕府は実際の石高調査をするようになったが、これは食糧とのかねあいというよりは、

——課税を強化するため。

のものであった。

『桜屋』が苦しんでいたのも、この課税が増えたのも大きな原因であった。

「その辺りのことは、竜之助の旦那にも含めおいたのですがね。実際、どのような営みをしているか……ですな」

金兵衛が溜息混じりに言うと、あらゆる状況をどう改善すればよいか、智右衛門は頭を痛めながらも、スッと立ち上がった。

四

金剛の角五郎を蹴散《けち》らしたその夜、竜之助は『桜屋』の離れに泊まった。政吉が、

「奴ら、仕返しに来るかもしれない。そして、盗賊一味もうろついているみたいだから、恐い。よろしくお願いします」

と懇願したからだ。が、しのぶはなぜか侍が好きではないらしく、礼の意味もあって一宿一飯は認めたものの、翌日は出て行って貰いたいと素直に言った。しかし、竜之助は藤吉に頼まれて来たのだからと改めて、話を聞きたいと申し出た。

「このままでは、『桜屋』は、おそらく上方の酒に押されて、消えてしまうかもしれぬ。それでは、亭主にも先祖にも申し訳が立つまい。番頭の藤吉はそのことよりも……女将の体を心配しているようだ」

「私の……」

しのぶはどういう意味かと首を傾げた。傍らに同席していた藤吉は、控えめでありながら誠実な態度で、

「女将さんが不眠不休で、杜氏や蔵人たちに気を配りながら働いているのを間近で

見ていると、可哀想というか、申し訳ないという気がしてくるのです」

「そんなことはありませんよ。私は今までずっと、私なりに頑張ってきたつもりです」

「よく分かっています。ですが、正直申しまして、年々、売り上げが下がっているのは確かで、それは大きな造り酒屋に負けたというよりは、酒の質が少しずつ落ちたからではないか……そんな気もするのです」

「これ、藤吉さん……」

杜氏の茂作たちに聞こえたら申し訳ないと案じたのだ。

「女将さん。余計な気配りは無用です。酒の出来不出来を一番良く分かっているのは、杜氏や蔵人たちですよ」

「あ、ええ……そうですね」

「給金が安かろうが、『桜屋』の酒が好きで、みんなは頑張ってくれているのです。ですが、茂作さんのように腕のいい杜氏は、他の酒蔵からも声がかかっている。蔵人だってそうです。このままでは、うちは今までどおり酒が造れなくなるどころか、酒そのものを造ることが難しくなるかもしれません」

「藤吉さん……」

自分でも分かっているつもりだが、露骨に言われると、しのぶも辛かった。だが、心を鬼にして、藤吉は言った。

「この際、酒蔵を畳むか、違う酒造りを目指すか、商売替えをするか……そろそろ決断をしなければならない時だと思います」

「…………」

「遅きに失したかもしれません。私が至らないせいです」

悔しそうに藤吉は膝の上で拳を握りしめた。

「そんなことはありません……藤吉さんは一生懸命やってくれました」

慰めるように言うしのぶに、竜之助は冷ややかに、

「傷を舐めあっても仕方があるまい。藤吉さんが、俺たち〝うだつ屋〟に助けを求めに来たということは、立て直しをする覚悟があるからだろう？」

「――はい」

藤吉は覚悟を決めている目で見つめ返した。

「だったら、お互い智恵を出し合うしかあるまい。そのためには、正直に話をしなきゃならぬはずだ。隠し事はなしだ」

「分かっております」

「では、訊くが……『桜屋』は幸兵衛さんが死んでから、酒造石高にかかる運上金が半分ほど払わないで済んでいる。これは、どういったカラクリかな」

「――はい……」

しのぶが曖昧《あいまい》に返事をすると、この際、嘘や誤魔化《ごまか》しではなく、正直に話しておいた方がいいと藤吉は言った。

「そうですね……私もずるい女でございます……」

自虐的に笑ってから、しのぶは続けた。

「実は……昨日、石橋様が追っ払ってくれた金剛の角五郎親分ですが……あの人が、代官に掛け合って、酒造石高、つまり酒に使う米の石高を偽って届けていたのです」

「偽って……」

「はい。うちは一年に五千石の玄米を使いますが、実際は一万三千石程使います。けれども、代官様にはわずか五千石と……亭主が亡くなってから、そのくらいの規模でしか造ることができないと」

「あんたがそうしろと？」

「いいえ。初めは、角五郎親分から申し出てきました。後家暮らしにはきついだろうからって……親切ごかしだということは察していました。亭主がいる頃から、私には色目を使っていましたから」

「…………」

「でも、そうすれば運上金が少なくて楽になる……私もついそう考えたものですから……やってはならないことでした」

がっくりと項垂《うなだ》れたしのぶを、竜之助はじっと見つめて、

「その時に、藤吉さんや店の者に、ちゃんと相談しておくべきだったな」

「はい……」

「あの手合いには弱みを見せれば付け入って来られるし、逆らっても同じことをされる。ならば黙って従うしかない……あんたは自分で自分の首を絞めたね」

責める訳ではないが、竜之助にそう言われて、しのぶはさらに愕然《がくぜん》となった。

「だが、厄介なのは角五郎ではなくて、この酒蔵をどうするかだ」

「…………」

「女将……あんたの考えは……」

「もちろん、守りたいです。幸兵衛さんが受け継いできたこの酒蔵を……」

「俺はどんな感傷に浸《ひた》ってるかなんぞは訊いていない。これから、どうするかって

ことだ」

「それは……」

言いかけたが曖昧になって俯《うつむ》いた女将だが、竜之助はしばらく待っていた。だが、続けて何も出ないので、

「悪いが、手を引かせて貰うよ、藤吉さん」

「え、そんな……」

「智右衛門さんがどう考えるかは、また改めて報せがくると思うが、主人がどう手直ししたいかの考えもないようでは、やりようがないではないか。女だからって甘えちゃ困る。酒蔵の鑑札も大切だろうが、あんたの双肩には大勢の酒造りに関わる人々の暮らしもかかっているんじゃないのか。その自覚がないのなら、商いなんぞやめた方がいい。看板を下ろして、角五郎の女にでもなって、面倒を見て貰えば済む話じゃないか？」

竜之助は淡々とそう言うと、ゆっくりと立ち上がった。

「この酒蔵が潰れても、誰も困るまい。杜氏や蔵人は他に幾らでも働き口はあるし、奉公人も何とかなるだろう。その面倒なら、こっちで見てもいい」

「誰も困らない、ですって……？」

しのぶは少し噛みつくような目で、竜之助を見上げた。

「浪人のあなたに何が分かるのですか。うちで造るお酒を待ってくれている人が、江戸には大勢いるんです」

「いや、いねえよ」

「ええ……？」

「他に美味い酒は幾らでもある。たしかに、以前の『桜屋』の酒は、〝桜錦〟と呼ばれるくらい華があった。キレもあった。味わいも深かった。だが、それがなくなったからには、酒飲みは他を探す。しかも、高い銭を出して飲むまでもあるまい。下り酒はそれこそ、上等でそこそこの値で飲めるからな。まあ、上方の酒には勝ち目がねえ」

ハッキリと竜之助が言ったとき、奥から茂作が出てきた。杜氏だと挨拶をして、藤吉に『桜屋』の再建についても聞いていたと伝えてから、竜之助の前に座った。もう還暦過ぎであろうか、どす黒い肌に刻み込まれた皺と豆のような目には、長年、匠《たくみ》の技で酒を仕込んできた意気込みがあった。

「あっしらは雇われの身……なんて思っておりやせん……あっしらの魂が、そのまんま、ここの酒だと思うてやす」

喋《しゃべ》り方は遅いが、しっかりと麹に手を入れて育ち具合や香りを嗅ぐような態度だった。竜之助の目をじっと見ている。まるで剣豪のような覚悟のある容貌に、竜之助は頼もしさを感じた。

「ならば、あなたはどうしたいのだ」

「このままでいいと思う」

「酒が弱っていることは、あんた自身が一番分かっているのでは？」

「その年によって出来不出来はある。だが、あっしらは手を抜いたことなど、ひとつもねえ。そのときに出来る最上のものを造って、人々の口に届けたつもりだわさ」

「立派な心がけだが、残念ながら、江戸の人々の口は肥えてきた。灘や伊丹、摂津の酒の方がよいという。中には、京のように甘いものとか薄い感じの酒がいいという人も多い。逆に、関東のように荒っぽいしイガイガするが、それが燗酒《かんざけ》には丁《ちょう》度《ど》よいと好む者もいる。つまりは……」

「分かっています。千差万別の中で、『桜屋』がどういうものを造って生き残るか……そう訊きたいのでがしょ？」

「さよう。だが、女将には明瞭な考えがなさそうだが、あんたにはあるかい」

「もちろんです。米と水によって、酒の味は違う。同じ杜氏であっても、造られる所や風土、気候によって違う味わいのものになるのです。しかし、あっしは先々代に十五の時に世話になってから、ずっと『桜屋』の酒を造っている。他の者には造れるはずはないと思うておりやす」

「だろうな」

「それこそ、初代の頃には、わずか三百石だった……それが少しずつ増えていって、千石になり、五千石になった……この石高は、そりゃ三万石を超える大きな蔵元と比べりゃなんだが、決して引けを取るものじゃねえ」

「だから、なんだ。心意気や覚悟はよく分かるが、せっかくそれだけ造っても売れなければ、酒蔵は傾く」

「…………」

「あんたも知ってのとおり、元禄《げんろく》の世より、三尺桶や四尺桶という酒造り道具にお上の焼き印を押して、正確な石高を帳面に残して造り、残った分は翌日に繰り入れるような徹底ぶりだ。酒を飲むのは贅沢だと、お上は考えているから、運上金も吊り上げてきた……だが、それを『桜屋』が誤魔化してきたことは事実だ」

「へえ……」

「杜氏のあんたにゃ関わりないことかもしれないが、この嘘がバレれば、お上は潰しにくるであろう。だが、酒造の制限をしたところで、幕府には旨味がない。おそらく代わりの醸造元に株を与えて、新たに酒造りをさせるかもしれぬ。そうなる前に、そこの……」

竜之助は帳場の駒形の鑑札を指して、

「鑑札をできるだけ高く売って、『桜屋』は閉めた方がよいのではないか？　さすれば、後から責められることはないであろうし、女将……あんたも角五郎とやらに、しつこく絡《から》まれずに済む」

「もう結構ですッ」

しのぶが高い声を発した。大切な自分の店が陵辱《りょうじょく》されたとでも感じたのであろうか。それまでのおとなしそうな顔から、勝ち気で性根の強そうな面をちらりと見せた。

「誰が何と言おうと、この蔵元は私の蔵元。亭主から引き継いだかけがえのない所です。政吉が継ぐまで私が守り通す。そして、息子が継いでくれたら、そのとききっと元のように誰もが凄いって思う蔵元にしてくれますッ」

「だといいけれどな……」

諦めたように竜之助が言ったとき、土間の一角に、政吉が立っているのが見えた。寂しそうな目で、

「石橋のおじさん……おっ母さんと喧嘩してるのかい?」

と訊いた。

「そんなことはないよ。俺はこの酒蔵とおっ母さんを守るために来たんだ」

咄嗟《とっさ》にそう言った。あまりにも政吉が幼気《いたいけ》な顔だったからである。

昨夜は一緒に湯船に浸《つ》かったり、相撲を取ったり、少しばかり相手をしたのだが、父親とのふれあいに飢えていると感じていた。だから、竜之助は素っ気なく帰ることができなかったのである。

「おっ母さんを助けて下さい。私もよく知ってます。おっ母さんはとても頑張ってるって、みんなのために一生懸命だって」

「ああ、分かったよ。安心しな」

「本当だね。だったら、ずっといて、金剛の角五郎なんて、ぶっ倒してくれるね」

政吉はそう言って、竜之助に指切りを求めてきた。

五

心配していたことは、すぐに起こった。十数人の子分を引き連れて、角五郎が『桜屋』に乗り込んで来たのである。

しかも、子分たちは捻《ねじ》り鉢巻きに襷《たすき》がけ、腰には長脇差、手には六尺棒を握りしめて、一応、捕り物の体裁を整えていた。中には御用提灯《ごようちょうちん》を提《さ》げている者もいる。子分たちは、ぐるりと屋敷を取り囲んで、

「おい、『桜屋』。御用の筋で参った。屋敷の中を改めるから、大人しく従え」

唐突に角五郎が大声を上げた。

「言うことを聞かないと、蔵がどうなっても知らないぞ」

乱暴な言葉に、思わずしのぶは表に飛び出して、

「親分さん、どういうことです。なぜ、手入れを受けなければならないのです」

「決まってるじゃねえか。この辺りには、江戸で人殺しまでした血も涙もねえ盗賊一味、〝ムササビの円蔵〟が潜んでいるようだ。近所の者たちの話によると、どうやらおまえが匿っているようなのでな。捕縛に来た」

「大人しく差し出しゃ、それ以上のことはしねえ。さあ、出すか、出さねえのかッ」

「そんなバカな……」

「ですから、そんな盗賊など……」

追い返そうとしたしのぶを押しやって、屋敷の中を覗き込み、

「ほら、いるじゃねえか」

と角五郎は十手を竜之助に向けた。そしてニタリとほくそ笑むと、

「盗賊が浪人のなりをするとは考えたものだな。もっとも、浪人が盗みをしたのかもしれねえがな。なに、出鱈目《でたらめ》を言ってるんじゃねえぜ。おまえの子分はもう捕らえてあるんだ。言い訳なら、番屋に来てやって貰うぜ」

「——俺の子分……?」

竜之助が首を傾げると、縄で縛られた瑞穂《みずほ》を子分衆が連れているのを見せた。

「!……」

驚いた竜之助の表情を見て、角五郎は笑い声を高らかに上げて、

「ほれ、見ろ。顔つきが変わりやがった。さあ、どうするッ。大人しく縛《ばく》につくか」

振り返ると、政吉が不安そうな顔で見ている。竜之助は見つめて頷いてから、

「よかろう。言うことを聞く」

「おっと待った。刀は投げて貰うぜ。おまえの腕は重々、承知しているからよ」

瑞穂がどうして捕らえられたのか、竜之助には分からなかったが、何か考えがあってのことかもしれぬと従った。そして、ゆっくりと表に出ると子分衆が取り囲んで、縄で縛りつけた。

「で、しのぶ……おまえもだ」

角五郎はギロリと大きな目を向けた。

「え……？」

「惚《とぼ》けるんじゃねえよ。これまでどおりにしてやりてえが、お代官様から大目玉をくらってよ。酒造石高を偽って、運上金を誤魔化していたのは見過ごせねえってよ」

「だって、それは親分さんが……」

「黙りやがれ。今まで、俺も甘い顔をして、見て見ぬふりをしていたが、もう勘弁ならねえ。お代官の裁きを受けるんだな」

「そんな……」

愕然となるしのぶを、他の子分が捕らえようとすると、手を振り払って、

「嘘ばっかり。親分の本当の狙いは、この『桜屋』の土地で、参拝に来た旅人の精進落《しょうじんお》としの場所……つまりは遊廓《ゆうかく》を造ることでしょ。そのために、これまで、何度も何度も、私にそう迫ってきたじゃないですか」

「遊廓か……そりゃ、いい考えだ。先祖代々の『桜屋』を屋号にすりゃ、井の頭の山桜と相まって流行《はや》りそうだぜ」

「ふざけないで下さい。親分はいつもそう言ってたじゃありませんか」

「おまえが素直に言うことを聞いて、俺の女になってりゃ済んでた話だ……けどよ、色目だけは使いやがって、運上金を誤魔化すことだけはちゃんとやってやがった……惚れた弱みに付け込んだのは、そっちじゃねえか。綺麗な顔をして、恐い女だぜ」

舌舐めずりをする角五郎の顔を、竜之助もじっと睨んでいた。その視線に気づいて、

「なあ、盗賊さんよ。今度はおまえが色香でやられるところだったな」

「…………」

「こいつは、とんでもねえ性悪女でな、金のためならって、俺にアヘアヘと抱かれ

たんだぜ。なあ、酷《ひど》いだろう？」

「そんなことしてません！　子供の前で何ということを！」

「じゃかあしい！」

角五郎は激しく怒鳴りつけて、

「文句がありゃ、お代官の前で言うんだな。ここが遊廓になるのを、懸命に止めてやっていたのも、この俺だ。どうせ潰れる酒蔵なんだから、丁度よかったじゃねえか」

「やめて下さい……屋敷内には、おいしい酒造りに必要な井戸があるんです……無茶なことはしないで下さい。ここは、絶対に譲ることなんてできません」

「だったら、井戸なんざキレイさっぱり埋めてやらあな……おい、おめえら。すぐにでも土砂をあつめて、埋めてやんな」

「やめて下さい、それだけは」

「埋めてすっきりするがいいぜ、おい！」

角五郎はしのぶを羽交《はが》い締《じ》めにして、縄を打った。

乱暴狼藉《らんぼうろうぜき》を働くのが当たり前のようだった。どう生きてきたら、こういう人間になれるのか、竜之助には不思議だった。悪党の中には、己の弱さを隠すために虚勢《きょせい》を張っている者もいるが、人の善意を利用して金儲けをする者もいる。しかし、目の前の角五郎という男は、善根《ぜんこん》などというのは生まれた時からないような人間にしか見えなかった。

「なるほど……そりゃ、いい考えだ」

竜之助は角五郎に言った。

「あんたの言うとおり、この酒蔵は傾いている。いっそのこと女郎屋にでもした方が、たしかに金には困らないかもしれぬな」

「……どういう了見《りょうけん》でえ」

油断ならぬという目で、角五郎は竜之助を睨み返した。

「あんたの言うことも一理あると思ってな……言っておくが俺は盗賊一味じゃない。だが、この『桜屋』の綺麗な女将を見て、あわよくば、と考えたのは本当だし、ご覧のとおり痩《や》せ浪人ゆえな、金蔓《かねづる》にもなると思った。けど、傾いた酒蔵じゃ話にならねえ。来てくれて丁度、よかったぜ」

ころりと変わった竜之助の態度を、角五郎は信じたわけではないが、しょっ引けと子分衆に命じた。そのとき、竜之助は、

「政吉……おっ母さんは何も悪いことはしておらぬ。すぐに解き放たれるから、心

配するな、いいな」

と言った。政吉は困惑して見送っていただけだが、竜之助はにこりと微笑みかけた。

——必ず助けてやる。

というふうにも受け取れたが、政吉は頷き返しもせず、じっと見つめていた。

調子づいた角五郎は子分たちに、この際、井戸を埋めてしまえと命じた。泣き喚《わめ》くしのぶは引っ張られて行き、懸命に止めようとする藤吉や茂作は、子分たちに殴る蹴るをされた。そして、理不尽にもその辺りにある水桶や道具類を井戸端まで行った子分たちが、放り投げようとした。

そのとき——。

「待ちなさい。勝手な真似をされては困りますな」

と止めに入ったのは、智右衛門であった。

表通りに智右衛門の姿を見ていたからこそ、竜之助は素直に縛られたまま、番屋……という名の角五郎の屋敷に行こうと思ったのだった。敵の懐に入って探りを入れるのもまた次善の一手であろう。

智右衛門は角五郎に名乗ってから、懐から一枚の程村紙《ほどむらがみ》を取り出して指し示し、

「見てのとおり、この『桜屋』は借金の形《かた》として、江戸の両替商『水戸屋』のものとなっております。私は、『水戸屋』から請け負って、この『桜屋』を立て直しに参ったものです。どうか、お引き取り下さい」

「なんだと……そんなこたア、聞いてないぞ」

「ええ、誰も知らないことですから。ですが、この通り」

差し出された証文を見ても、角五郎は素直に納得はしなかった。

「てめえが何処の誰かは知らねえが、ここは江戸じゃねえんだ。勝手な真似はさせねえぞ。ここは勘定奉行配下である代官の支配地だ。とっとと帰えんな」

「では、その代官の名を訊きましょう」

「酒井主水輔《さかいもんどのすけ》様だよ。何か文句があるのか」

「ならば、私が直に酒井様とやらにお会いしましょう。この辺りには代官陣屋はないから、高井戸に戻った方がよろしいかと」

「なに？」

「親分はいつも何処で酒井様と会ったりしているのですかな」

「それは……」

「とにかく、私はご覧のとおり……」

往来手形を開いて見せて、

「勘定奉行、町奉行の連名でこれを出して貰っております。『桜屋』は潰すには勿《もっ》体《たい》ないと、お上からもお墨付きを貰っていますのでな」

と智右衛門は淡々と言った。さすがにまずいと思ったのか、十手を取り下げて、

「ま、そういうことなら、今日のところは見逃してやるが、もし出鱈目だったら、承知しねえぞ、智右衛門とやら」

「どうぞ、ご随意に」

余裕の笑みを返した智右衛門に、角五郎は荒い鼻息を吹きかけて背中を向けた。しのぶとともに、竜之助と瑞穂も連れ去られていくのを、思わず政吉が追いかけようとしたが、智右衛門はその肩に触れて、

「案ずることはない。おっ母さんは、あの浪人さんが必ず助けてくれる」

「え……」

「私も、藤吉さんに頼まれて、この店を救いに来たのだから、安心しなさい」

智右衛門は柔らかいまなざしで微笑みかけた。

# 六

智右衛門は藤吉に案内されながら、酒蔵の中を丹念に見て廻った。たしかに設備は古いし、木で出来ている酒樽などは黴が繁殖しやすいから、味が落ちたり、下手をすれば、それこそ〝腐造〟になってしまう。

職人たちは一生懸命にやっているようだが、商人としては金兵衛が指摘していたように少々甘いのかもしれぬ。

亡き亭主が残した造り酒屋を、しのぶが懸命に守り抜こうとしている姿勢は分かるし、綺麗で硬質な井戸水も大切にしているのは理解できるが、酒という商品としてはどうか、智右衛門は問いかけた。藤吉も茂作も、竜之助に対して答えたのと同じような話をしたが、やはり気になったのは、しのぶの考え方だった。

「実は……」

藤吉は言いにくそうに、それでも大切なことだからと、智右衛門に伝えた。

「先代というか、女将の亭主・幸兵衛さんは、子供には流行病で死んだことにしておりますが……実は、出商いの帰り道、辻斬りに斬られた上に、水路に落ちて死んでしまったのです」

「なんと……」

「ですから、うちの女将は、侍が嫌いでしてね……だから、竜之助さんにも心を開かなかったのだと思います」

「その辻斬りは誰がやったか、下手人は見つかったのかい」

「いいえ、まったく……」

「でも、政吉坊は父親のことは知りませんが、ヤットウで強くなりたいと思っています。先程見たとおり、金剛の角五郎が無理無体《むりむたい》なことを女将に押しつけてくるので、強くなっておっ母さんを守りたいと思っています。だから、町道場で剣術を学びたいと本気で思っていました」

「いいことではないか」

「でも、商人に刀は無用。人を斬る道具なんて絶対に持ってはならないと、頑《かたく》なに許しませんでした」

「なるほどな……まあ、母親としての気持ちも分からぬでもない」

「ええ……」

「しかし、このままでは本業の方でもダメになってしまうのではないのかな」

「ですから、智右衛門さんに……」

「その前に、女将の覚悟を聞かねばならないが、まあ、それは竜之助に任せるとして、私としてはどうしたいか……できれば、杜氏の茂作さんとも一緒に話したいが」

「ええ、それはもう……」

酒の匂いが鼻につくくらい漂っている蔵の中で、智右衛門は自分の考えをまず提示した。そこから、藤吉や茂作がどうしたいかを訊くつもりである。

「酒ってのは、大体が一日中、働いた後、きゅっとやるのが楽しみですな。いわば、一生懸命頑張った自分への褒美みたいなもんだ。でも、お上はそれが〝贅沢〟だといって運上金を課すから、江戸での値も吊り上がる」

「はい……それが、私どもには困るのです」

藤吉は頭を抱えていると言った。

「しかも、仲買たちへの金もかかるから、高くなる一方だ。しかし、卸問屋の仕組みがそうなっているからには、一朝一夕《いっちょういっせき》に変えられないし、仲買たちもそれで食っているのだから、蔵元から小売りや人々に直に売るわけにもいきません」

「ええ……」

「だが、播磨《はりま》、丹波《たんば》、山城《やましろ》、河内《かわち》、和泉、摂津などの酒所からの下り酒は、大量に造ることができるから、薄利でも元が取れ、江戸では幅を広げている。しかし、関東の酒は……」

「…………」

「あんたたちも承知のとおり、荒くて辛いだけだから、〝甘掛け〟によって旨味を出そうとしているが、上方の造り酒屋に言わせれば噴飯ものらしい」

甘掛けとは、もろみを搾《しぼ》って粕《かす》を取る前に、甘酒を造って加える方法だが、そもそもが無理なやりかたである。今で言う吟醸や大吟醸のような造り方をして、搾り取ることとも制限すれば、酒粕は沢山出ることになる。ケチな蔵元は酒粕が残るのを嫌がった。

さらに上方の酒は火入れ後に変質することはないが、関東のは変酒となることが多く、腐りやすかった。その辺りは、茂作の技もあるだろう、『桜屋』の酒は安定していたものの、灘や伊丹の酒に勝っているとも言い難かった。

「そこでだ、藤吉さん……これは茂作さんに頼んだ方がよいのだろうが、これからは普通の酒ではなく、特別な酒を造ったらどうだろうか」

「特別な酒……」

「ああ。これまでの『桜屋』の端麗だが味わいも深く、それでいてサッパリとしていて飲み飽きない酒」

「それは、今までもやっておりました」

茂作は身を乗り出して言った。

「そもそも、酒造りの米と食う米とは違う。食べて美味しい米は、粘りけがあるから雑味が出る。香気の深い酒を造るには、それに相応《ふさわ》しい米がある。それを別途、仕入れるとなれば金がかかるし、保管の問題もありましょう」

「でしょうな」

「しかも、ここでは年に五千石もの酒を造っているから、どっさり酒粕が余る。それらは肥料として使ってくれるところもあるが、只《ただ》同然で捨てているも同じだ」

「そこから見直したら、如何《いかが》でしょうかな」

智右衛門が問いかけると、藤吉の方が振り返って、

「どう見直せと……これだけ精一杯やっていて、江戸で売れないとなれば、余った酒は捨てるしかないのです」

「先程、言いましたよね。酒は働いた後の褒美だと」

「はあ？」

「お上は贅沢なものだと言っているのですよ。だったら、いっそのこと、もっと贅沢にしてしまえば、どうでしょう」

「……言っている意味がよく分かりませんが」

「茂作さんが、これ以上、美味い酒はないというくらいの、最高のものを造るのです」

「最高の……」

今度は、茂作が目を輝かせた。これまでも、自分では一番だと思うものを造っていた自負はある。しかし、もっと上を目指したいという気持ちがあったのは事実で、茂作の表情にはそういう煌《きら》めきがあった。

「米をここまでかというほど精白し、洗米にも手をかけ、蒸し米も甑《こしき》が熱くなって壊れるくらいやって、種麹も古くから使われる麹蓋《こうじぶた》を使ってよ……酛造りも醪の仕込みも……ああ、今すぐやりたくなってきたくれえだが」

枝桶《えだおけ》を使って、〝初添え〟〝中添え〟〝留添え〟という段階をもって仕込んでいく手間のかかる作業は繊細で、油断ができないくらい丁寧に重ねていく。

長い間発酵させて、やがて酒袋から搾り取るわけだが、粕を搾りすぎると雑味が出てくる。これまた、〝荒走り〟〝中走り〟〝攻め〟というように三段階に分けて搾られるのだ。その中でも、〝中走り〟が最も貴重で美味いとされている。

「いやいや、本当に美味い。これは売り物にするのが勿体ないくらい美味い。杜氏のあっしや蔵人ですら、なかなか飲めねえほど貴重なもんだ」

今でいう大吟醸中の大吟醸というところであろうか。

「その酒だけを……茂作さんが、これこそが一番の〝中走り〟というくらいの酒だけを売ったらどうだろう」

「ええ？　そりゃ、無理だ」

「どうして……」

「まず、ふつうの三倍くらいの日数がかかりますしな……ですから、今の給金じゃ、蔵人たちも苦しいだろうし……それを五千石も造るのはそもそも……」

「それは百も承知です」

智右衛門はにこりと微笑んで、

「五千石も造ることはありません。千石だけ造って、しかも値段は普通の酒の五倍……いや、十倍にしようではありませんか」

「何をバカな……そんな高い酒が売れるわけがありません。誰が買うのですか」

「ふつうの人です」

「まさか……」

「手間がかかるぶん、酒造高は減らす。しかし、値を上げる……逆に考えてみて下さいな。上方からの酒は、何十万石も入ってくるんですよ、江戸に。でも、うちの酒は、わずか千石しかない。それが、びっくりするくらいの美味い酒……これは本物の酒好きなら飛びつきます。しかも、人というものは、〝限定品〟に弱いのです」

「…………」

「あなた方だって、どうしても食べたい美味いものがあれば、自分だけでも手に入れたいでしょう。多少高くとも」

「まあ、そりゃそうですが……さっきも言いましたが、いい酒を造れば、酒粕が沢山出ます。それだけ損をするということじゃ」

「でしょうか？」

智右衛門はまた余裕のある笑みで、

「江戸では、〝ひゃっこい〟水と同じように、特に夏場は甘酒が大流行です。知ってのとおり、酒粕には人の体に必要な滋養が沢山詰まってますな。それを甘酒にして、江戸中の茶店に置いたらどうです」

「あ、ああ……」

「しかも、酒粕には元手がかからないのだから、美味い酒で高い値を張ったぶん、江戸で棒手振《ぼてふ》りが売っているものより安く、そして多く売ることで、酒粕は処分できるのではありませんか？　ただで肥料にすることはない」

確信したように言う智右衛門の話を聞いているうちに、藤吉と茂作も段々、その気になってきた。

「いいですか？　着物だって、木綿が普段着ならば、絹は余所行きだ。木綿が物凄く売れているが、絹だって呉服屋ではかなり売り捌《さば》いている」

「うちの酒は、絹……だと？」

「そうです。〝桜屋・千石〟……この銘柄で売れば、すでに『桜屋』の名は知られているのだから、見事な『桜屋』の仇討ちになると思いますがな」

滔々《とうとう》と話す智右衛門の顔を見ていたふたりは、もしかしたら上手くいくかもしれないという希望を抱いた。その希望は、今すぐにでも、具体的な目標として、藤吉と茂作の脳裏には明瞭に浮かびはじめていた。

七

一方、角五郎の屋敷では、竜之助が若い衆に殴る蹴るの仕打ちを受けていた。

吟味《ぎんみ》部屋と牢屋、仕置き部屋が一緒になっているような板間の部屋があって、竹刀や六尺棒で何度も打ちつけられていたのである。その傍らには、縄で縛られたままのしのぶと瑞穂が兢々《きょうきょう》とした顔で眺めていた。

竜之助は激しく打たれているように見えるが、巧みに体をずらしたり、調子を狂わせて被害を最小限に食い止めていた。これも武芸者ならではの躱《かわ》し方である。

「盗賊一味だってことは、間違いねえんだ。おう！　白状しやがれ！」

腕組みの角五郎がドスの利いた声でがなったが、竜之助は涼しい顔で、

「俺ではないと言っているだろう。そもそも〝ムササビの円蔵〟なんてのは本当にいるのか、おい。そうやって、ありもしない盗賊を仕立てて、あちこちに踏み込むための理由に使っているだけじゃないのか」

「やろうッ。まだ、そんなことを言いやがるか、この！」

角五郎は床に倒れている竜之助を足蹴《あしげ》にした。鳩尾《みぞおち》にもろに入ったから、本当に

息ができないくらい苦しかった。だが、構わず角五郎は蹴り続けて、

「この額の瘤《こぶ》の仕返しだよ……白状しねえなら、仕方がねえ。このまま、お代官に盗賊として引き渡す」

「むちゃくちゃな話だな」

「ふん。お上に楯《たて》を突くから、こうなるんだ」

鼻で笑って、角五郎はしのぶを振り返り、嫌らしい目つきになって、

「さあ、今度はおまえの番だ。この浪人のような目に遭いたくなかったら……俺が言いたいことは分かってるな」

「いいえ。あの造り酒屋は手放しません」

「おまえも、往生際《おうじょうぎわ》が悪いな。どうせ傾いたまま崩れていく店だ。遊廓にでもすりゃ、金はわんさか入る。近在の貧しい農家には、それこそ娘を売りたい奴が幾らでもいる。おまえは、女将として左団扇《ひだりうちわ》で暮らせるんだぜ。おまえは何もしなくていい。俺にさえ任せておけばよ……」

角五郎はしのぶに顔を近づけて、荒い息を吹きかけた。ぞくっと身を震わせるしのぶを見て、角五郎はケケケと笑って、

「考えるまでもあるめえ。もう、そうするしかねえんだよ」

と言ったとき、

「おっ母さん！」

政吉の叫ぶ声が聞こえた。振り返ると、子分がふたり、政吉を抱きかかえている。『桜屋』から攫《さら》ってきたのだった。政吉は恐がってはおらず、むしろ母親のことを心配している必死の顔だった。

「――ま、政吉……角五郎親分。息子をどうしようってんですか」

「見てのとおり、おまえの返答しだいじゃ、どうなるか、な」

子分のひとりが匕首を抜き払って、政吉の喉元にあてがった。

「俺も堪忍袋の緒が切れそうなんだ……なあ、しのぶ……いい加減に意地を張るのをやめたらどうでえ」

「やめて下さいッ」

「どうでも、嫌だってのかい。てめえの可愛いひとり息子が、どうなっても」

「…………」

「そうかい。そこまで覚悟ができているなら仕方がねえ。殺した上で、代官には〝ムササビの円蔵〟が殺したこととして届け出るとするか……やっちまえ」

冷たく角五郎が言い放ったとき、瑞穂がギャハハハと大声で笑った。

「何がおかしい、若造」

「これが笑わずにいられるかってんだ」

「なんだと？」

「出鱈目も大概にした方がいいよ。なあ、石橋の旦那」

と瑞穂は振ってから、また大袈裟に笑い転げた。竜之助も実におかしそうに腹の底から大笑いした。あまりにも仰《の》け反《ぞ》って笑うので、子分たちは気味悪そうに離れた。

「〝ムササビの円蔵〟なら、とうの昔に北町奉行の遠山様が捕まえて、今は小伝馬町《こでんま》の牢屋敷だ。円蔵が殺したことにしたりすりゃ、おまえが赤っ恥をかくぜ」

「…………」

「この近くの旅籠でも、〝ムササビの円蔵〟一味が押し入って、奉公人らに犠牲が出たらしいが、それを聞きつけた役人が来ても、いつも賊は逃げた後で、真っ先に駆けつけてきたおまえがいるだけだった……また逃がしたと悔しがっていたらしいが、裏では、おまえと盗賊一味がつながっているのでは……代官はそう疑っていたそうだ」

「なに……」

「おまえが金に不自由しないのも、匿ってやった見返りに、盗賊から金の分け前を貰っていたんだから、当然であろうな」

「…………」

「ここへ来る途中、高井戸の代官陣屋に立ち寄って調べてきたが、たしかに角五郎、おまえに十手は預けたらしいが、阿漕なことを許した覚えはないとさ」

「そんなことを……！　一体、誰だ、てめえ……」

不思議そうに首を傾げる角五郎に、

「訳あって黙っていたが、俺は八州廻《はっしゅうまわ》り配下の石橋竜之助だ。てめえのような悪党を始末するために、斬り捨て御免……なんだ」

「!?――」

「さっき、『桜屋』に来た商人風の男がいただろう。総髪《そうはつ》で袖無し羽織の……ありゃ八州様だよ。嘘だと思うなら、俺の懐にある手形を改めてみるがいいぜ」

「妙な真似をしやがると、すぐにガキを殺すぜ」

いぶかしげながらも子分が近づいて、懐に手を差し入れた途端、竜之助は相手の腕をゴキッと折り、素早く匕首を奪って自分を縛っていた縄を切ると、そのまま政吉の体を摑んでいた子分に匕首を投げた。

胸に命中して悶絶する隙に、転がるように他の子分の鳩尾に拳を当てて、長脇差を奪うと目にも留まらぬ速さで、三、四人の手足を斬り払い、角五郎の背後に廻って羽交い締めにするように刃を喉元にあてがった。

いつの間にか縄を解いていた瑞穂は、しのぶと政吉を庇《かば》って、その部屋から出たが、まだいる大勢の子分たちがズラリと取り囲んだ。竜之助は怯《ひる》まず、

「動くな、三下。おまえたちの親分が死んでもいいのなら、幾らでも歩け」

「よ、よせ……」

角五郎は情けない声で、殺さないでくれと訴えた。立場が逆転すると急に弱々しくなる奴に限って、次に好転したときには、容赦なく殺しにくるに違いない。

「驚いたぜ、角五郎……〝ムササビの円蔵〟てのは、おまえの息がかかった盗賊で、江戸で盗みをしちゃ、この辺りに逃げ込んでた。どうりで、なかなか捕まらなかったはずだ。だが、とうとう観念したぜ」

「…………」

「そんなことをしているとは、代官も知らなかったようだが、下手をすりゃ切腹だ。おまえに十手を預けた咎《とが》でな。どうせ、死罪になるなら、お白洲にかける時が無駄だから、ここでバッサリといくか」

「よ、よせ……」

あっという間に、角五郎の全身に汗が噴き出してきた。

「〝二足の草鞋〟とは言え、十手持ちでありながら、盗賊一味の探索をまったくしないのは、おかしいと誰もが思っていたはずだ。しかも、この屋敷には、渡世人や遊び人が出入りしている賭場もあるとか」

「…………」

「代官は、おまえを斬り捨てていいと、俺に命じたんだぜ。八州廻りの俺によ」

「う、嘘だ……」

「嘘だと思うなら、江戸のお白洲で顔を合わせたときに訊いてみるんだな」

竜之助が刀に力を込めると、角五郎はごくりと生唾を呑んで、

「ま、待て……代官の言っていることは出鱈目だ……『桜屋』を遊廓にしたり、この辺りを盛り場にしたがっているのは、その代官の酒井様だ……俺はただの手先で……！」

「言い逃れとはみっともないな。それでも男を売ってきた親分かい。なあ、子分衆、こんな親分についてきた自分を恥じたらどうだ。ほれみろ、小便までちびってきたぜ」

「ほ、本当だ……井の頭の弁財天辺りを深大寺のような門前町にして……それから、盛り場にしたがっているのは、代官だ」

だから、角五郎はこれまで強引なことをしてきたと言った。

「俺はただ……本当に、しのぶと一緒になれれば、それでよかったんだ……惚れた弱みで運上金をごまかしてやっていただけだ……なのに、『桜屋』を取り崩せと、酒井様が……」

「本当か……」

「ああ……本当だ……」

「そのこと、お白洲で証言できるかい」

「え……」

「そしたら、もしかしたら、てめえの命だけは助かるかもしれないぞ」

「話す……何でも話します……」

竜之助は角五郎を突き飛ばすと、長脇差でガツンと脳天を打ち落とした。気絶をした角五郎はその場に崩れた。

「心配するな。峰打ちだ」

そう言って、竜之助が仕置き部屋から堂々と出ると、情けない親分の姿を目の当

たりにした子分衆は逃げ出そうとしたが、

――ガタン。

と牢扉が閉じられた。

「何をするんだ！　出してくれ！」

「俺たちゃ、関わりねえ」

「〝ムササビの円蔵〟なんざ知るけえ！」

などと喚いたが、竜之助は冷たく、

「江戸から役人が来るまで、ここで大人しく待っているんだ」

と背中を向けて、しのぶと政吉を連れて屋敷を出た。

八

「あの……八州様というのは、本当でございましょうか……」

しのぶは『桜屋』に帰ってから、問いかけたが、智右衛門は手を振って、

「竜之助さんがそんなことを……ふはは。嘘も方便と思って下さい。初めに言ったでしょ。私たちは藤吉さんに頼まれて、この蔵元をどうにかしたいと思って来ただ

けだ」

と返した。

竜之助と瑞穂はもう江戸に向かっているが、目的は端《はな》から、角五郎の悪事を暴くことによって、しのぶとの関わりを絶つためだった。『桜屋』の再建のためには、〝解毒〟が必要だったのだ。角五郎が下心でやったこととはいえ、代官に運上金を偽っていたのは事実である。だが、それを、

――角五郎に騙《だま》された。

と言って素知らぬ顔をするわけにはいかぬ。かといって、バカ正直に話すこともない。そもそも代官も一枚嚙んでいたのだから、まさに水に流れてしまうであろう。しかし、その分は、きちんと今後の仕事で埋め合わせをするべきだと、智右衛門は言った。

藤吉は笑顔で、しのぶの側に座ると両手を握って、

「女将さん……なんとか目途《めど》がつきそうです。ええ、智右衛門さんのお陰で、今年の秋に仕込んで、寒い冬を越えて来年になれば、これまでの『桜屋』から尚一層、立派な酒が生まれていると思います、はい」

そう言って涙声になった。

智右衛門の考えと方針を話すと、しのぶは一抹《いちまつ》の不安を抱いたものの、もう託すしかないと気を引き締めたようだった。

「問題は、この蔵元の借金だ……すべては江戸の両替商『水戸屋』が引き受けてくれたが、返すまでは、利子は払わねばならない」

「承知しております」

「ここは形に入っているのだから、政吉さんがもっと大きくなって、跡を取る頃になるまでには、きれいサッパリと片付けておきたいものですな」

「はい。必ずそうしたいと思います。ですが……」

高級な〝桜屋・千石〟だけでは、やはり不安が先立つようで、しのぶは誰もが手に出来る安い酒も造って売った方がよいのではないかと心配した。

「万が一、失敗すれば、大損をするのは、借金を引き受けた『水戸屋』だ。そして、私にも何の実入りもなくなる」

「え……」

「私だって慈善でやっているわけではありませんからね。〝桜屋・千石〟が売れれば、幾ばくかは貰わなくては旨味がない。いや、ここの酒は実に美味いがね」

しのぶはまた罠にでもハメられたのではないかと、眉根を上げた。

「よほど、人を信じられない暮らしをしてきたのですな……」

と智右衛門は優しいまなざしを向けて、

「だが、あなたは杜氏や蔵人の腕を信じなければ酒は造ることもできず、藤吉たち奉公人の勤勉さも信じなければ金を預けることもできず、そして、酒を買って飲んでくれる人の舌や心を信じなければ、売ることなんて、できないのではないですか」

そう言われて、しのぶは雷に打たれたように智右衛門を見つめ返した。そして、恥じ入って俯いた。

「ねえ、女将さん……たしかに世の中には、代官や角五郎のような悪い奴もいる。しかし、角五郎だって、もっと極悪人ならば、とうの昔にあんたを手籠めにしていたはずだ」

「………」

「あんな悪党の中にも、純情の芽があったとしたら、可愛いもんじゃないか」

智右衛門は政吉を呼んで、しのぶの横に座らせて、

「この子は、あなたの姿を見て大きくなってきた。これからも、生きる手本はあなたしかいない。人を疑ってばかりの親を見ていたら、人を信じない子になってしま

う」

「そ、そうですね……」

「まずは、母親のあなたが誰にも負けないくらい、人を信じることだ。私は酒造りのことは何も知らないが、杜氏が幾ら匠の技を駆使して、蔵人が夜も寝ずに頑張ったとしても、発酵するという自然の力を信じなかったら、何も生まれないのではないかな」

「おっしゃるとおりです……」

「だったら、何もかも忘れて、色々な思いは捨てて、角五郎のことも消してしまって、これから先のことを考えていればいい。あなたにとっての〝うだつ〟は政吉だ。これから上がるんだからね」

切々と語る智右衛門に、しのぶはふと亡き夫の姿を被《かぶ》らせたのか、図《はか》らずも少し涙ぐんで、政吉の手を握りしめた。

「——間違っていました……」

「え……？」

「考え方がです……私、今も……もっと沢山造らないといけない……この子のためにも、〝下り酒〟に負けないくらい売らなきゃいけない……そう思っていました」

「うん……」

「でも、主人の言葉を思い出したんです」

「ご主人の……」

しのぶはこくりと頷いて、こう続けた。

「ある時、私は売れ残ったお酒を見て溜息をついて、もっと売れればいいのにね。どうして、みんな買ってくれないんだろうね。こんなに美味しいのにね……そう言ったら、主人は平気な顔で笑ったんです」

「笑った……」

「はい……来ない客のことは、考えても仕方がない。『桜屋』の酒を飲みたいって、飲んでくれる人に、誠心誠意、届けることだ……そう言って笑うんです」

「──なるほど……」

智右衛門も感じ入って、静かに微笑み返した。

「でも、その言葉は、義父の受け売りですって……買ってくれない客のことは憂えても仕方のないこと。それよりも、わざわざ買いに来てくれる人のために、美味しいお酒を造るんだって……」

「立派な旦那さんたちだ……売れないって捻《ひね》くれている商売人に叩きつけてやりた

いくらいだ。でも、その真心が、きっともっと多くの人に通じるに違いない」

「ええ……私もそう信じたい……今、初めて、主人の言葉が胸に突き刺さりました」

しみじみと思い返したのであろう。しのぶは、政吉の手をもう一度、強く握りしめながら、智右衛門に深々と頭を下げた。

「こりゃ、今年も忙しくなるぞ」

茂作は嬉しそうに腰を浮かせた。美味い酒を造ることだけが楽しみの男である。そして、杜氏という職人は、生涯続けるのが本分らしい。だが、茂作は智右衛門に向かってこう言った。

「あっしもまだまだ頑張るつもりではありますが、これを機に、跡継ぎをしっかりと育てておきたいと思います。ええ、若い蔵人の中に、熱心な奴がおりましてね」

「ああ、それはいいことです」

「でないと、政吉坊が大きくなったとき、俺は極楽か地獄か、いずれにせよあの世かもしれませんからね」

「その前に、仕込んで貰わないとな。まさに、弟子を仕込むとは、酒造りと一緒だ」

智右衛門が洒落《しゃれ》っ気たっぷりに言うと、しのぶ、藤吉、茂作たちが実に愉快そうに笑った。そして、政吉はそんな大人たちを見ていて、

——人を信じる。

という思いを感じたようだった。

「私もいずれ、智右衛門さんや竜之助さんに飲んで貰えるような、いいお酒、美味しいお酒を造れる蔵元になるよう、精一杯頑張りたいと思います」

しっかりした気丈な言葉に思わず、

「お父っつぁんに負けない、立派な大人になれよ」

と智右衛門は頭を撫でるのであった。

江戸への帰り道——。

高井戸宿の茶店で、団子を食べながら、瑞穂が待っていた。

「そろそろかなあ……なんて思ってました」

「どうした、道草か」

つれない言い方を智右衛門がすると、瑞穂は手を出して、

「今回はあんな危ない目をしたんだから、褒めて貰わないとね」

「いや、ご苦労」

「そうじゃなくて、弾んで貰わないと困りますよ」

智右衛門はぴょんと跳ねてみせた。

「旦那が弾んでどうするんですか。きっちりと沢山、報酬を貰いますからね」

「江戸に帰ってからの相談だな。今般のことは、いつ銭になるか分からないからな」

「そのことですよ。勝算はあるのですか？　女将が綺麗だったから、適当に合わせたんじゃないでしょうね」

「ま、少しは見栄を張ったか……」

「ほら」

「だがな、高くても美味《うま》い酒を求める豪商は幾らでもいるし、大名や旗本だって、飲んべえは沢山いる。加賀藩御用達《ごようたし》になんぞなったら、そりゃ大事《おおごと》だ」

「向こうは百万石ですよ。千石なんぞ相手にするもんですか」

「さあ、どうだかな……」

智右衛門がいかにも勝ち目があるように微笑むのへ、瑞穂は訊いた。

「ところで、旦那……あのことは言ったんですか……あの母子《おやこ》に……」

「あのこと？」

「幸兵衛を斬ったのは、角五郎の雇った侍かもしれないってことですよ」

「言うわけがないだろう、バカ。余計なことを知って何になる。たとえ、角五郎が死罪になっても、また人を怨《うら》んで生きていくことになる。つまらんことだ。それに、あの母子は侍じゃないのだから、仇討ちは無用だろう」

「なるほど。仇討ちは酒でってことで？」

チョンと手打ちでもするような仕草をして、瑞穂は甲州街道を江戸へ向かって歩き出した。その後ろから、ぶらぶらと智右衛門が歩いていく。

鳥のさえずりが聞こえて振り返ると、遥か遠くに富士山が見えた。

晴れ晴れとした青空に浮かぶ、冠雪《かんせつ》を抱いた高嶺を眺めながら、母子の幸を願う智右衛門であった。

光文社文庫

文庫書下ろし／連作時代小説
恋《こい》知《し》らず　うだつ屋《や》智《ち》右衛門《えもん》 縁起帳《えんぎちょう》㈡
著　者　井《い》川《かわ》香《こう》四《し》郎《ろう》

2013年8月20日　初版1刷発行

発行者　駒　井　稔
印　刷　萩　原　印　刷
製　本　ナショナル製本

発行所　株式会社　光　文　社
〒112-8011　東京都文京区音羽1-16-6
電話（03）5395-8149　編　集　部
8113　書籍販売部
8125　業　務　部


ISBN978-4-334-76586-6　Printed in Japan



組版　萩原印刷

**お願い**　光文社文庫をお読みになって、いかがでございましたか。「読後の感想」を編集部あてに、ぜひお送りください。

このほか光文社文庫では、どんな本をお読みになりましたか。これから、どういう本をご希望ですか。どの本も、誤植がないようつとめていますが、もしお気づきの点がございましたら、お教えください。ご職業、ご年齢などもお書きそえいただければ幸いです。当社の規定により本来の目的以外に使用せず、大切に扱わせていただきます。

光文社文庫編集部